편지와 물고기

시작시인선 0272 편지와 물고기

1판 1쇄 펴낸날 2018년 9월 27일
지은이 김경수
펴낸이 이재무
책임편집 박은정
편집디자인 민성돈, 장덕진
펴낸곳 (주)천년의시작
등록번호 제301-2012-033호
등록일자 2006년 1월 10일
주소 (03132) 서울시 종로구 삼일대로32길 36 운현신화타워 502호
전화 02-723-8668
팩스 02-723-8630
홈페이지 www.poempoem.com
이메일 poemsijak@hanmail.net

ⓒ김경수, 2018, printed in Seoul, Korea

ISBN 978-89-6021-389-0 04810
       978-89-6021-069-1 04810(세트)

값 9,000원

편지와 물고기

김경수

천년의
시 작

시인의 말

 육 년 만에 다시 여섯 번째 언어의 집을 짓는다. 예전에는 텍스트의 자율성을 중시하고 외부의 자연과 내적 심리를 미적으로 형상화하는 것에 주로 관심을 가졌지만 최근에는 시 자체를 작품의 실질적 대상으로 삼고 텍스트와 세계의 대립을 해체시키는 텍스트의 외적 해체와 팝아트 등의 포스트모더니즘적인 기법과 모더니즘의 버무리기 기법을 사용하여 언어의 놀이를 하는 데 관심을 두고 있다.

 현대시에서의 중요한 점은 새로움을 추구하는 것인데 매번 새로움을 추구하는 것은 힘들다. 그러나 재미있는 작업이기도 하고 절망을 느끼게 되는 계기가 된다. 그동안 발표하였던 시들을 시집으로 묶으니 부끄러움과 안타까움이 큰 파도처럼 밀려 온다. 아직도 끝없이 더 정진해야 한다.

2018년 9월
김경수

차 례

시인의 말

제1부

제1부

이야기를 하고 싶었다

이야기 하나를 쓰고 싶었다. 이야기의 집 속에는 은빛 눈썹을 단 물고기가 살고 있고 책들이 걸어 다니고 꽃병이 빛나는 언어를 품고 있었다. 당신에게 하루 종일 이야기를 하고 싶었다. 꽃병이 흘리는 언어들로 꽃이 시드는 이유를 아름답게 변명하고 싶었다. 세월이 많이 흐르자 이야기가 나에게 자신을 설명하고 싶어 했다. 저녁 식탁 앞에 앉으면 외로움과 대면해야 했다. 혼자인 것과 홀로 남는다는 것이 꽃잎이 떨어지는 것보다 더 당연한 일이고 속절없는 기다림은 내 가슴을 겨누는 총구라는 것을 깨닫는 것이 행복으로 가는 지름길이었다. 이야기는 자신의 내용이 점점 식상해져 가는 것을 방지해야 했다. 일상日常에 젖어 드는 것과 상식을 인정하는 것을 끝없이 경계해야 했다. 일상처럼 늘 곁에 있던 사람들이 하늘의 별이 되어갔다. 이야기는 아침에 꽃잎이 열리는 소리를 들었다. 그것은 나를 인정하는 향기라고 하였다. 이야기는 내용이 종말終末로 다가가는 것을 슬퍼했다. 이야기가 나에게 손을 내밀었다. 이제 내가 이야기에게 내 일생을 알려 줄 순서가 되었다. 나는 이야기에게 내 일생은 상식과의 투쟁의 연속이었고 종말이 더 빛나는 선물이고 빛나는 희망이라고 말해 주고는 돌아서서 소리 없는 이슬이 되고 있었다. 저 하늘에서 항상 빛나는 별은 이 세상의 가장 슬픈 함성이 압축된 것이라는 사실을 아무도 모른다.

소설이었으면 좋았다

행인들은 결코 남의 아픔에 대한 배려를 하지 않는다.
세상을 위해 헌신으로 보낸 세월이 아픈 이유이다.
빌딩의 돌계단은 위로의 소리를 듣는 귀가 없으므로
그럴 필요가 없었다.
소설이었으면 좋았다.
사람들은 자신의 아픔과 즐거움만을 현미경으로 들여다본다.
슬픔이 없으면 결코 살아갈 수 없다.
깃발처럼 펄럭이는 슬픔이 강한 자를 만들기 때문이다.
소설이었으면 좋았다.
결말을 완성하기 위해 잠을 자야 했다.
정의롭지 못해도 잘 사는 사람은 잘 살았다.
선거운동 기간에는 악어의 눈물도 선량한 꽃으로 둔갑하였다.
소설이었으면 좋았다.
잠 속에서 다시 잠을 자는 것이 행복하였다.
약속의 날들이 수초水草처럼 떠있는 수첩 속에서
세월이 가면 사랑이란 단어가 지워진다.
애초에 사랑이란 실체는 없었기에 사랑을 믿지 말았어야 했다.
소설이었으면 좋았다.
살아가기 위해 시詩를 써야 했다.
시 속에서 걸어 나온 다정다감한 언어가

자고 있는 애인에게 입을 맞추니

놀라 깨어난 애인이 내 따귀를 때렸다.

시는 꽃이 될 수 없었다.

소설이었으면 좋았다.

행인들은 남의 슬픔에 대한 공감이 없었다.

레몬 트리가 보도步道에 버려진 나를 바라보고 있었다.

슬픔을 이해하기 위해서 비는 아침부터 내리고 있었고

슬픔을 이해하지 않는 하늘이 밤새 눈발을 마구 뿌려

순수한 영혼이 환생한 나뭇가지가 툭 부러졌다.

병마病魔가 드는 시점과 사람들이 돌아가는 시점을

범인凡人들은 예측할 수가 없다.

버림받은 한 남자가 한 선을 넘자 일순간 사물事物로 변했다.

그래서 소설 속에서는 죽은 자가 신생아의 몸을 빌려 다
시 태어난다.

편지와 물고기

애인에게 보낼 편지를 들고 찬 바람에 떨고 있는
한 소심한 사내가 강물 속을 들여다본다.
물고기는 물의 치마에 새겨진 문양文樣이다.
물속 자유민주공화국에서 비로소 자유를 쟁취한
푸른 지느러미가 맑은 소리를 매달고 흔든다.
물고기의 내장을 통해 차가운 소리가 흐를 때
물고기라는 언어는 편안해진다.
물고기란 언어가
꼬리지느러미에 힘찬 사유思惟를 달고 강물 속에서 유영한다.
저녁노을이 산 뒤로 넘어가자
산이 짧은 순간 더욱 선명한 검은색이 되어
언어들이 헤엄치고 있는 강 속으로 뛰어든다.
물을 들여다보면 알 수 있다.
흰 꼬리지느러미를 단 시간이 끊임없이 사라지는 것을
파란 수초 같은 현재가 끊임없이 새로운 현재로 바뀌는 것을
물고기는 시간도 흐르는 알갱이라는 것을 보여 주는 상
징象徵이다.
사라지는 존재가 사라지는 시간을 하염없이 바라보고
물고기란 언어가 사라지는 인간의 뒷모습을 측은하게 바
라본다.

한 소심한 사내가 살고 있는 산속 작은 집 창문을
저녁 7시가 두드린다.
애인에게 보낼 편지를 아직 보내지 못하고 있다.
편지가 한 사내의 마음을 읽고
꿈속 우체통으로 스스로 들어간다.

무엇이 아름다운가요?

오래된 책에서 늙은 노을이 걸어 나옵니다.
노을은 배교背敎를 거부하고 목을 길게 늘어뜨린
이백 년 전 조선 천주교 순교자의 천국을 보았을까요?
맹추위에 기진맥진한 작은 직박구리가 길 위에 엎드려 있고
행인들은 죽은 새인 줄 알고 그냥 지나쳐 갑니다.
오래된 책에는 쓸쓸한 인생에 대해 번민하는
글자의 흔적이 누렇게 번지고 있지만
모든 것이 없는 죽음이 아름다움인가요?
오래된 책 속에 누워 늙어가던 구름이 묻습니다.
내가 쓰러져 누운 직박구리를 집으로 데려와 따뜻하게 해주자
새는 파닥이며 멀리 새들의 무리 속으로 날아갑니다.
그러니까 오래된 책 속에서는 꽃들이 강물처럼 흘러갔습니다.
글자가 깃발처럼 펄럭이기도 하고 강물로 뛰어들 준비를
합니다.
저 강으로 뛰어드는 절망의 뒷모습이 더 아름다운가요?
죽음을 피해 날아올라 가는 새의 날갯짓이 더 아름다운가요?
오래된 책에서 오래전의 새들이 안부를 물으며
빛바랜 글자들과 이야기를 합니다.
나무에도 마음이 있어 물방울로 맺히는 시간의 덩어리에 대해
새들이 마음을 읽고 시간을 읽고 순간적으로 사라집니다.

가슴을 찢는 아름다움이네요.

산山을 향해 먼저 떠난 사랑하는 이의 안부를 묻는 것은.

사물이 나를 본다

노을을 배경으로 서있는 나를
바닷가를 배경으로 한 늙은 풍경이 바라보고 있다.
병 속에 부은 물이 병의 모습을 가지듯이
우리의 몸에 부어진 영혼도 그 크기만큼 자란다.
고요처럼 있는 것은 없는 것이다.
진동처럼 없는 것도 있는 것이다.
인간이 없는 영혼은 있는 것이다.
파도가 포말泡沫을 내뿜으며 몸을 일으켜
자신의 형체를 보여 주려고 하지만
한순간에 형체는 부서져 바다가 된다.
분명 있는 것이 없는 것이 되고
파도가 다시 일어서듯
없는 것이 다시 있는 것이 된다.
영혼이 빠져나가면 없는 것인
처량한 나는 노래가 구원을 준다고 믿기에
바다 옆 바위 위에서 끊임없이 부서지고 일어서는
파도의 노래를 가지러 왔다.
노래는 오후 1시의 색깔이며 꽃 이파리가 뱉어낸 이슬이며
모래사장이 만든 발자국이다.
혼자 서있는 한 사내를 품은 풍경이 시간에 떠밀려 흘러갔다.

시간에도 색깔이 있었다.

성당의 스테인드글라스를 통과해 떨어지는 햇살이 그 증거였다.

조그만 종을 흔들자

쏟아져 내리는 노래의 알갱이가 빨갛게 물들었다.

쓸쓸한 모습의 풍경이 무인도에 벌거벗은 나를 세워놓고

멀리 지나가는 배를 향해 손을 흔들게 했다.

잊지 말자. 가장 친한 사람과 사람 사이에서도

고독은 항상 바로 곁에 있다

있는 것이 없는 것이고 없는 것이 곧 있는 것이기 때문이다.

소멸과 탄생은 하나라지만

나의 마음은 받아들일 준비가 되어있지 않고

노을을 배경으로 서있는 나를

오래된 풍경이 측은한 눈빛으로 바라보고 있다.

산 위에 앉아있던 하늘이 검은 밤을 쏟아낸다.

서러운 시집詩集 1

내 시집詩集에는 북극北極의 바람 냄새가 난다.

보지 않아도 만져보지 않아도 내 시집은 나무의 음성을
읽는다.

나무는 그 자리에 늘 서있기만 하지만

나무 안에는 꽃의 안부를 적은 편지를 실은 강江이 흐른다.

문장은 사상思想이 종이 항구에 정박한 선박이다.

푸른 모자를 쓴 한 남자가 나무가 되기 위해 숲으로 들어간다.

나무가 되기 위한 조건은 까다롭다.

생각이 없어야 하고 감정이 없어야 하고

바람에 흔들려도 분노하면 안 된다.

사람들의 하루와 나무의 하루 중 어느 것이 더 의미 있는지

이 도시에 다시 나타난 철학자 니체가 고민한다.

나의 몸을 빠져 날아간 시詩의 새가 다시 오지 않는다.

문장이 어두워진다.

시인에게는 시의 새를 날려 보낸 것은 거대한 절망이다.

폐허에 시인들이 버린 퇴고推敲된 시들이 쌓여 있고

그 중간에서 피어난 꽃들을 본다.

서러운 시집詩集 2

내 시집詩集에서 단어들이 일어나 걸어 나오는 꿈을 꾼다.
내 시집은 이제 문장들의 집이 아니다.
시집에서 우리가 보는 것은 언어이지만
우리가 실제로 보는 것은 마음이고 사상思想이다.
시집에 냉기冷氣가 서리고 하얀 여백이 시詩가 되어 웃고 있다.
내 오감五感이 실패한 언어의 집은
헐리기를 기다리는 재건축 예정 지역의 남루한 헌 집이다.
헌 집 앞마당에서 창백한 흰 꽃들이 모여 문장이 되려고 한다.
의미와 무의미가 되려고 한다.
서러운 마음으로 시집詩集을 내었지만
내 시집이 존재해야 할 이유가 있는가?
시집에서 문자들은 빠져나올 꿈을 꾼다.
의미를 버리고 흰 여백으로 보다 많은 말을 하려고 한다.
백지白紙가 된 시집이 걸어 나간 시를 읽는다.
백지가 된 시집이 스스로 시를 지어 가슴에 품는다.
나는 강江에 돌을 던지듯 시집을 세상에 던져놓지만
시집은 헌 집 꽃밭에 쌓이는 낙엽이 되고 만다.

글자가 걸어 나온다 1

서랍을 열자 무거운 소리가 튀어나온다.
우리는 늘 스스로의 소리를 서랍에 가두어둔다.
빛나는 소리, 차가운 소리, 바늘 같은 소리
서랍을 여는 것처럼
정류장에서 버스를 기다리는 사람들의 목이 길어진다.

'짧은 인생에서 미워하는 것은 부질없다'라는 글자가
하나씩 종이에서 빠져나와 걸어온다.
글자에도 그늘이 있다.
봄비에 젖는 그늘에서 슬픈 노랫소리가 일어선다.

시간이 많이 흐르면 누구나 얼굴이 늙는다.
절세 미녀 배우도 세월 앞에서는 모두 노인이 된다.
풍경風景을 노래하던 사람들이 쓸쓸한 책이 된다.
사람들 저마다의 꿈이 책 속에서 허물을 벗고 나온다.
남은 생이 얼마 남지 않은 노년에서 지나온 삶은 찰나刹
那이다.
늙지 않고 죽지 않는 것은 글자뿐이다.
책 안에 꽃이 흐른다.
푸른 눈의 서양인이 책 속의 호수에 빠진다.

글자가 걸어 나온다 2

책 속의 글자를 보면 향기가 난다.

모든 문장들은 착하게 보인다.

도와주기만 할 것 같다.

글자의 진정한 내면內面을 알기 위해서는

글자와 섞여 세월을 보내야 한다.

책에서 걸어 나온 글자를 어루만진다.

책을 버리고 나온 글자와 밤새도록 이야기를 한다.

글자는 희망을 이야기하고 달콤한 친밀親密을 이야기한다.

슬퍼하는 글자의 마음이 진짜 슬픈 건지

웃는 글자의 마음이 진짜 기쁜 건지

글자를 오랜 기간 살펴봐야 알 수 있다.

책 속의 글자는 가면을 쓰고 있다.

책 속의 글자는 독자를 속이기 위해 눈웃음치고 있다.

속는다. 웃는다. 분노한다.

글자가 보기에 사람들은 바보들이다.

고요함이 주인인 식탁에 놓인 물병이 글자이다.

문장이 소리가 되어 떨어진 물병에도 시간은 흐르고

글자가 사람을 읽는다.

편안해진다

꽃잎이 떨어진다.

시간을 흘려보내고 물질이 되는 침묵이다.

물방울이 떨어져 강江이 되는 소리이다.

기타의 현絃을 튕기던 오래된 악사도 떠날 준비를 한다.

오래된 집이 낡아가는 것은 자연스러운 것이다,

이 세상에 영원한 나뭇가지는 없다.

떨어진 꽃잎이 말라 바스락거린다.

주름진 얼굴이 떠날 준비를 하는 것이

이젠 아주 평화스럽다.

소멸과 탄생이 거리에 버려진다.

없다는 당연한 사실에 대해 이젠 아주 편안해진다.

현실이란

날아가는 새의 날갯짓을 올려다보는 젖은 눈이라고 할까?

현재 이 순간이란

수정액修正液인 화이트white로 지운 단어라고나 할까?

인간에게 의미 있는 시간이 한 점으로서의 순간이듯이

우리 모두는 기억 속에서 지워지는 문門이 되기 싫은 까

닭이다.

주머니에 바다를 넣고 걸어간다.

인간의 죄를 보고 성자聖子가 눈물을 흘리자

주머니 속의 바다가 출렁인다.

사람들이 물병 속에 노래를 가득 넣자 성당聖堂은 사라지고

스테인드글라스 창문을 뚫고 바닥에 쏟아진 햇빛이

새로운 언약言約의 붉은 꽃이 되어 자라고 있다.

라면과 사랑

라면은 늦은 저녁에 혼자 먹어야 제맛이 난다.

라면은 얼큰해야 제맛이다.

건더기와 분말 수프를 넣고 3분을 끓이면 되는 훌륭한 음식.

보글보글 끓인 후 후후 불면서 먹어야 제맛이다.

라면은 늦은 밤 외로운 허기를 달래주는 자비심이 있다.

가난한 시민에게도 부자 시민에게도 평등한 맛을 준다.

시민들의 기억 회로에 유혹하는 입술과 짭조름한 향기를
집어넣어 두고

자신을 잊지 말기를 강요한다.

중요한 것은 라면만 있으면 다른 무엇이 없어도

며칠은 거뜬히 지낼 수 있다는 것이다.

아름다운 라면의 눈길이여, 자비로운 라면 발의 꼬임이여.

사랑은 늦은 저녁에 혼자 먹어야 제맛이 난다.

사랑은 얼큰해야 제맛이다.

건더기와 분말 수프를 넣고 3분을 끓이면 되는 훌륭한 음식.

보글보글 끓인 후 후후 불면서 먹어야 제맛이다.

사랑은 늦은 밤 외로운 허기를 달래주는 자비심이 있다.

가난한 시민에게도 부자 시민에게도 평등한 맛을 준다.

시민들의 기억 회로에 유혹하는 입술과 짭조름한 향기를

집어넣어 두고
　자신을 잊지 말기를 강요한다.
　중요한 것은 사랑만 있으면 다른 무엇이 없어도
　며칠은 거뜬히 지낼 수 있다는 것이다.
　아름다운 사랑의 눈길이여, 자비로운 사랑의 꼬임이여.

햄버거Hamburger

햄버거는 자비롭다.

가난한 사람들에게도 쉽게 몸을 허락하니까

달고 맛있는 불고기 햄버거를 끊임없이 만드는 햄버거 패스트푸드 연쇄점이

바쁜 현대인들에게 시간을 절약시켜 주고

잠깐의 휴식과 잠깐의 여유를 주기 위해

인파人波의 바닷속에 간이역簡易驛처럼 떠있다.

햄버거 패스트푸드점에는 고관대작高官大爵이나 갑부를 위한 햄버거가 따로 없다.

모두의 몸값이 고작 삼천오백 원부터 오천 원 정도이다.

햄버거가 원하는 것은 만민의 평등과 행복이다.

아이들도 대접받고 혼자 온 사람에게도 눈치를 주지 않는다.

인기를 무기로 햄버거가 미소를 지으며 사람을 유혹한다.

긴 줄을 서게 만들고 두 손으로 공손히 자기를 모셔 가라고 한다.

햄버거는 사람들에게 달고 고소한 맛을 기억 회로 속에 집어넣어 주고

다시 사신을 찾아주기를 강하게 유혹한다, 라고 시를 썼다가

아니지 하며 모든 줄을 지우고 다음과 같이 쓴다.

햄버거는 역대 어느 정권보다도 가장 훌륭한 민주주의이다.

콜라Cola와 아버지

콜라가 검은 이빨을 드러내고 웃는다.
아버지는 일평생 자식들을 위해 일한다.

콜라는 톡 쏘는 맛이 있어야 콜라다.
아버지는 아들을 군대에 보내고 하루도 편하게 잘 수 없다.

어린 시절 아버지한테서 받은 용돈으로 산 콜라가 맛있
었는데
아버지 가시고 나니 지금은 서러운 맛이다.

콜라가 내 마음속으로 눈물을 흘린다.
아버지는 군대에서 보내온 아들의 안부 편지를 가슴 졸이
며 읽는다.

콜라는 높은 사람 낮은 사람 모두에게 같은 맛을 주므로
위대하다.
아버지는 성당에서 기도할 때도 자기보다도 아들의 행복
을 위해 기도한다.

콜라는 아픈 사람에게 엔도르핀*을 선사한다.
아버지는 몸이 아파도 힘들어도 자식을 위해 참고 일한다.

콜라가 날씬한 허리를 가진 콜라병으로 남자를 유혹한다.
자식들이 아버지의 이런 마음 전부를 어찌 알까?
아버지 떠난 후에나 알까?

* 엔도르핀endorphin: 내인성 모르핀이라는 뜻으로, 뇌와 뇌하수체에
  서 생성되는 아편 유사제들을 일컫는 용어이다. 인간 뇌에서는 고통
  을 완화하는 작용을 한다.

글자가 되어

언제 나의 것이 있었던가? 사라지고 싶어 하는 나를 붙드
는 힘은 아름답게 멀어져 가는 새의 날갯짓이다. 매일 출근
하고 집으로 돌아가는 진척 없는 사랑이 지겨워 가문의 영
광도 뒤로하고 향기 나는 꽃에 코를 댈 때 우주를 그린 그
림책을 보는 것이다. 여기 이 자리에 서있다는 것보다 먼
우주의 먼지가 되어 떠도는 것이 더 행복할까, 라고 생각
하는 것이다. 이 세상에 나의 것이 있는가? 채무자債務者의
역할을 하다가 육체라는 빚을 갚고 사라지는 우리가 연기
에 콜록콜록 기침하다가 모든 인정人情들은 서서히 나로부
터 멀어져 간다는, 비통함이 앉아서 나를 보고 있다. 우리
가 책에서 발견한 법칙이 이미지가 되어 떠다닌다. 나는 글
이 되어 시詩가 되어 책 속에 웅크리고 있다. 영생永生을 얻
지 못하면 차라리 글자가 되어 오랫동안 박혀 있는 것이 낫
기 때문이다.

내 어여쁜 사람은 떠나가고

내 어여쁜 사람은 나뭇잎을 흔드는 산들바람이다.
내 어여쁜 사람은 나날이 풀잎을 키우는 햇살이다.
내 어여쁜 사람은 어깨 처진 사람들에게 손 흔드는 꽃잎이다.

세월이 많이 흘렀고 그 여인은 강물이 되어 흐르고 있을까?
태종대 산책로에서 추억을 만지는 바람이 되어있을까?

세월이 많이 흐르고 나니
욕심도 욕망도 야망도 먼지일 뿐이다.

세월이 빨리 흐르는 것은 슬픈 일이나
지나간 세월은 추억이란 선물을 건네준다.

지나간 사랑보다는 지금의 사랑이
지나간 시간보다 지금 함께하는 시간이
더 귀한 보석이라는 것을 가르쳐준다.

세월이 가면* 내 어여쁜 사람은 떠나가고

지금 그 사람의 이름은 잊었지만
그의 눈동자 입술은 내 가슴에 있어.

내 어여쁜 사람은 나뭇잎을 흔드는 산들바람이다.
내 어여쁜 사람은 나날이 풀잎을 키우는 햇살이다.
내 어여쁜 사람은 어깨 처진 사람들에게 손 흔드는 꽃잎이다.

바람이 불고 비가 올 때도
나는 저 유리창 밖 가로등 그늘의 밤을 잊지 못하지.

세월이 많이 흘렀고 그 여인은 강물이 되어 흐르고 있을까?
태종대 산책로에서 추억을 만지는 바람이 되어 있을까?

사랑은 가고 과거는 남는 것
여름날의 호숫가 가을의 공원 그 벤치 위에
나뭇잎은 떨어지고 나뭇잎은 흙이 되고 나뭇잎에 덮여서
우리들 사랑이 사라진다 해도

세월이 많이 흐르고 나니

욕심도 욕망도 야망도 먼지일 뿐이다.

지금 그 사람의 이름은 잊었지만
그의 눈동자 입술은 내 가슴에 있어.
내 서늘한 가슴에 있건만

세월이 빨리 흐르는 것은 슬픈 일이나
지나간 세월은 추억이란 선물을 건네준다.

지나간 사랑보다는 지금의 사랑이
지나간 시간보다 지금 함께하는 시간이
더 귀한 보석이라는 것을 가르쳐준다.

* 세월이 가면: 박인환의 시.

아흔아홉 마리 양

아흔아홉 마리 양羊을 광야에 남겨 두고
한 마리 양을 찾으러 주인이 떠났다.*

아흔아홉 마리 양을 강의실에 남겨 두고
한 마리 양을 찾으러 리처즈Richards 교수가 떠났다.

아흔아홉 마리 양을 아름다운 시집詩集 속에 남겨 두고
한 마리 양을 찾으러 모국어가 떠났다.

아흔아홉 마리 양을 공원에 남겨 두고
한 마리 양을 찾으러 물고기가 시내로 떠났다.

비가 오자 성경책이 아흔아홉 마리 양을 성당 안으로 몰
고 온다.
성당 문 앞에 서있던 이브Eve가 양들에게 선악과善惡果를
먹인다.
성당 창문을 굵은 빗줄기가 두들기지만 아직 한 마리 양
은 오지 않고
양을 찾으러 떠난 강의실은 돌아오지 않는다.
돌아오지 않는 강의실을 기다리며 흰 눈처럼 늙어가는

리처즈 교수에게

　　과연 주인을 버리고 떠난 양 한 마리가 아흔아홉 마리 양보다

　　중요한 것일까?

* 루카복음 15장 3−4절.

동화가 된 성경聖經

한 처음에 말씀이 계셨다.[*] 나는 말씀을 건지러 요단강 앞에 이르렀다. 내 몸은 빈 그릇. 머리로 안 것은 모두 부질 없는 부패한 빵이다. 빈 그릇으로 말씀을 뜨려고 버둥거린 다. 빈 그릇에 아침의 빛과 저녁의 어둠이 지나간다. **말씀은 하느님과 함께 계셨는데 말씀은 하느님이셨다.**[**] 말씀이 비둘기 광채를 내고 비둘기처럼 떠있을 때 내 몸인 빈 그릇을 내밀며 죄를 고백한다. 살아가는 중에 죄를 만나고 죄와 거래하고 죄의 노예가 되었으니 내 죄의 용서를 구하자 별을 따라 찾아온 동방박사가 말씀의 발등에 입 맞춘다. 빈 그릇에 노래를 채우리라. 빈 그릇에 용서와 자비를 채우려고 하나 뒤돌아서면 적의敵意와 분노가 빈 그릇을 채운다. 한 처음에 말씀이 계셨고 지금 그 말씀이 우리 곁으로 오셨다. 빈자貧者의 형상으로 히아신스의 형상으로. 말씀에서 향기가 났고 그 향기에 취해 사람들은 정화되어 세상에 선善과 정의를 심었다. 멸망한 제국의 유적지 이끼 낀 바위에서 말씀은 동화처럼 피어난다. **하늘이 열리며 성령께서 비둘기 같은 형태로 그분 위에 내리시고 하늘에서 소리가 들려왔다.**[***] 나는 말씀을 건지러 왔다. 말씀의 빛나는 노래를 건지러 왔다. 수백 년의 신화와 기적의 입맞춤을 건지러 왔다. 시간은 자라지 않고 강물처럼 단지 흘러갈 뿐이다. 나의 빈 그릇에 내리꽂히는 햇살이 찰랑이는 소리를 낸다.

*, ** 요한 복음 1장 1절.

*** 루카복음 3장 21-22절.

제2부

생生의 아름다움을 보다

풀잎 위의 아침 이슬을 본다. 겨울 산자락에 얕게 쌓인 눈을 본다. 햇살이 들자 사라지고 다시는 오지 않는다. 다리가 없어도 자유롭게 이동하는 안개를 본다. 영원무궁한 시간의 손바닥 위에서 현재 단 한 점의 이 시각만이 초라한 나의 소유이다. 미래의 어느 시점에서는 나는 없을 것이다. 연기가 사라지고 바람이 불고 바람도 사라진다. 내 사랑도 저 요단강을 건널 것이다. 사랑아 그 강을 건너지 마오. 화살처럼 지나가는 이 세월 속에 나는 혼자 어찌 살라고. 나의 시詩에 찬 바람이 불고 나의 시집은 실패한 언어들의 집합이다. 사라지는 것이 두려워 시를 쓰지만 언제나 나의 시집詩集 속에는 불안한 눈빛들만 쌓여 간다. 사라지는 것이 정박碇泊하는 배의 이유였다. 죽은 사람의 눈동자에 에메랄드emerald 빛 강이 흐르면 덜 슬플 텐데. 아프지만 아름다웠던 미소와 음성과 온기와 따뜻한 분노와 질투가 있었던 한 생명이 한순간에 넘어진 나무가 되는 현실을 아직 나는 극복하지 못한다. 질투하는 눈빛과 증오의 시선을 가진 그 여자의 눈 속에서 차라리 비난을 넘어선 생生의 아름다움을 본다.

강물을 적시는 저녁노을

저녁노을의 붉은 손가락들이 대지大地를 어루만진다.
들판을 가로지르며 흐르는 강물이 소리 없는 연주를 하며
붉은 현재의 한 순간과 이별한다.
강물의 이마에서 오후 일곱 시가 태어나 걸어 나온다.
그러나 오후 일곱 시는 태어나자마자 사라진다.
오후 일곱 시는 대학교를 졸업하지만 직장을 구하지 못하고
광화문 광장에서 소리를 지르다가 절벽 앞에 서있다.
대중이 정치를 지배하는 것처럼 보이지만
결국 정치가 대중을 지배하는 이 민주주의 시대에서
강물의 표면은 슬프지만 빛나는 고요를 안고 있다.
다리 위를 달리는 승용차 안에서
오후 일곱 시가 끌고 가는 강물의 파란 목덜미를 본다.
공항에서 이륙한 비행기가 오후 일곱 시보다 앞서 날아간다.
소중한 상자를 열면 마법의 희망 시계가 보일까?
일상처럼 오고 가는 시간이 흐르는 물결 속에서
나는 이별 노래가 되어 내 젖은 그림자를 본다.
저 시간의 숲속에 빛나는 미래를 이끌고 올 노래가 있을까?
나는 지금 몇 시의 등에 타고 있으며 어느 행성行星으로 가
고 있는가?
저녁노을은 달리는 것을 멈출 수 없는 시간을 재울 수 있을까?

저녁노을의 붉은 손가락이 지친 시간과 나의 마음을 물들인다.

어리석은 시대가 만든 먼지가 무거운 침묵을 끌어안고 있다.

언어를 굽는 카페에서

바위만 한 슬픔을 만날 때
침묵밖에는 할 수 있는 것이 없는 때가 있다.
침묵의 빛깔은 차갑지만 환하다.
침묵이 자전거를 끌고 왔고 복숭아꽃도 싣고 왔다.
십자가를 등에 지고 넓은 들판 위를 걸어가는 거인ㅌㅅ을 본다.
백 개의 손가락을 가진 바람이
나뭇가지를 두드리며 서럽게 연주한다.
슬픈 단어들을 국어사전에서 꺼내어 먼지로 만들어 날려
버린다.
허공에 별처럼 박히는 슬픈 단어들이 하얀 이빨을 드러내
고 웃는다.
즐거운 전단지傳單紙가 날아다니는 거리에서 고통스러운
기억을 잊는다.
서로에게 가장 친근해질 때 배신이 얼굴을 내민다.
은혜를 원수로 갚는 친구를 만나고 나서
사랑은 없고 착각만이 뒹구는 대합실에서 오지 않는 버스
를 기다린다.
그렇게 살지 마, 라는 말을 안으로 삼키고
우리는 어떤 말을 하고 싶어도 할 수 없는 말들이 더 많다.
튀어나오지 못한 말들이 결국 마음속 호수에 버려진다.

악하게 사는 사람이 더 오래 잘 사는 이 세상에서는

　고개를 내밀어 말하지 않고 마음의 호수에 버리는 것이

미덕美德이다.

　버스가 오지 않는 대합실 창문 너머를 보며 그냥 웃는다.

　버려진 말들이 풍경의 슬픈 눈매가 된다.

　잊어버려, 라는 말이 카페에서 빵을 굽는다.

　변치 않는 마음이 미소를 짓는 그 순간들을 껴안고 싶다.

　이제부터는 그 사람을 내 기억에서 지운다.

나목과 빈 벤치

나목裸木이 빈 벤치bench에게 말을 건다.

너는 왜 빈 몸으로 앉아있느냐고

빈 벤치가 나목에게 말을 건다.

너는 왜 벗은 몸으로 서있느냐고

동백 꽃잎이 빈 벤치에 떨어져 눕는다.

나목 가지 위에 새가 앉아 먼 하늘을 본다.

나목의 가늘고 긴 가지에 찔린 공간은 아프다.

동백 꽃잎이 떨어지자 시간이 아프다.

나목과 빈 벤치는 빈집의 주인이다.

나목에게는 나목만의 상처뿐인 상상력이 있고

빈 벤치는 벤치만의 슬픈 문장文章이 있다.

빈 벤치에는 가난한 시간이 흐르고

빈 벤치 옆에 놓인 빈 물병에는 흘러가 버린 시간이 고여있고

쓸쓸한 세월이 이끼를 키우고

수억 년 전에 지구 밖 우주에서 홀로 날아온 별빛이

빈 물병에 꽂힌다.

아름다운 모습들

은행나무 잎들이 지상에 떨어지며 내 마음의 버튼button
을 누른다.

돌아오지 못하는 먼 길 가는 사람들의 젖은 뒷모습이 보인다.

동백 꽃잎들이 떨어져 둥근 꽃자리를 만든다.

노란 은행잎들이 보도에 떨어져 노란 카펫carpet을 만든다.

힘든 여정에서 잠시 멈춰 서서 쉬는 것

울고 싶을 때 큰 소리로 우는 것도

노을을 배경으로 서있는 꽃의 참모습이다.

먼 훗날 우리 서로 다시 못 만나더라도 서운해하지 말자.

지상에 떨어진 노란 은행잎들에 날개가 돋아난다.

천상을 향해 날아갈 준비를 한다.

노란 은행나무 잎들에 휩싸여 나이 든 한 남자가

하늘로 난 계단을 천천히 올라간다.

서러웠던 인생 속에서는 풀벌레 소리마저도 아름답다.

안개가 걸어온다

바람이 꽃들을 흔들자 꽃들이 말을 한다.
꽃들은 안개를 통해 의미를 전달한다.
땅을 울리며 걸어오는 거대한 안개가
사람 형체가 되기도 하고 물고기 형태가 되기도 하며
꽃들의 말을 전한다.
이 세상에서 인간에게 가장 필요한 따뜻한 진리는 사랑이다.
사랑에는 길만 있고 법은 없네.*

인간에게는 미래도
알 수 없는 공포와 설레는 희망이 함께 섞여 있는
예측할 수 없는 안개이다.
어둡고 차가운 이 세상에서 외로워질 때 색칠을 하면
인간의 마음속 검은 구름도 분홍빛으로 변하니
붓으로 안개에 따뜻한 색깔을 입히자.
그리고 뜨거운 사랑을 하자.
추운 세상도 따뜻해지도록
서글픈 인생살이에도 따뜻한 꽃들이 피어나겠지.

노란 안개가 의미意味가 되어 걸어온다.

파란 안개가 무의미가 되어 선승禪僧처럼 산 위에 눕는다.
오랜 기간 알고 지냈던 한 어여쁜 사람이 떠나갔다.
우리는 사랑하기 위해 태어났고
사랑하고 살기에도 인생은 너무 짧다.
너와 나 사이에는 따뜻한 대화가 중요하다.
사랑하였기 때문에 짧은 인생도 참 살 만하다, 는 의미를
안개 속에 숨은 꽃들이 안개의 등에 낙인烙印을 찍는다.

* 오규원의 시 「무법無法」에서 인용.

인생의 빛

내 인생의 빛나던 날들은 너무 빨리 흘러갔네.
한때 그 빛났던 이상과 희망이
영원히 사라졌다 해도 이제 어찌할 것인가.
푸른 하늘 위 구름이 흘러가듯
무신경하게 앞만 보고 달려가다 돌아보니
내 인생의 빛나던 날들은 너무 빨리 흘러갔네.
그 누구도 지나간 시간의 영광과 꿈을
다시 불러올 수는 없다고 할지라도 이제 어찌할 것인가.

내 사랑하던 많은 사람들이 먼저 떠나갔고
산사山寺의 바람이 풍경風磬을 울리고 가듯
내 인생의 빛나던 날들은 너무 멀리 달아났네.
슬퍼할 필요는 없으리.
누구에게나 시간은 공평하게 주어졌고
죽음 너머 그 먼 곳을 응시하는 마음은 누구에게나 있는 법.
인간들은 고통 속에서 더 질긴 희망을 건지고
세월을 넘어서면 평정심과 지혜가 솟아나니
내 인생의 빛나던 날들이 너무 멀리 달아난들 어떠하리.

땀 흘리며 살아온 초원을 빛나게 하던 인생의 빛이여.

정오의 태양처럼 찬란히 빛나지만

석양夕陽처럼 쓸쓸한 빛을 내기도 하는 인생의 빛이여.

꿈 많았던 청춘의 시간들과 푸른 나뭇잎 같은 현재라는 시각이

인생의 숨은 보석이었네.

기억記憶의 바다

소주병이 사람을 기울이고
구두가 발을 벗고 사라진다.
기억의 그물망에 걸린 문화대혁명
문학이 죽고 철학이 묻히고
만리장성은 영생불사永生不死의 천국으로 가는 신기루인가?
기호에 뜻을 입히니 보기에 좋더라.
미사일이 날아다니는 하늘에도 때가 묻어
다리가 긴 비가 하늘 몸을 씻어 내린다.
그녀에 대한 기다림이여, 의자에 앉아 커피나 한잔 하시게.

나무가 자라는 책상 위에 앉아있는 새에게
'기억의 바다'라는 이름을 달아준다.
아카시아꽃이 구멍 난 마음을 정원에 던졌다.
누가 다시 보이지 않는 슬픔을 찾아올 수 있을 것인가?
빈집 속에서는 빈 새장이 울고
누군가 자정의 종을 칠 때
지나간 시간이 새처럼 다시 날아오려고 하면
눈 없고 코 없고 귀 없는 아이가 땅바닥에 버려져 논다.
 밤거리에 쏟아지는 검은 새의 깃털이 이룰 수 없는 인간
의 꿈이었구나.

시계를 거꾸로 돌린들 과거는 돌아올 수 없고
현재 그 시각의 인상을 사랑한 인상주의 화가가
하늘을 나는 나부裸婦를 그린다.

칸나가 등불을 켜면

칸나가 등불을 켜면
늦가을은 가장 아름다웠던 날의 기억을 쓰다듬고
가장 아름답게 핀 꽃이
떨어져 누워 가장 누추하게 변해 갈지라도
젊은 시절 첫눈에 반했던 한 소녀를 그리워하는
중년 남자의 쓸쓸한 눈동자가
떨어진 꽃 위에 붉은 노을이 되어 눕는다.

칸나가 등불을 켜면
봄은 꽃샘추위를 숲속에 묻어두고 소녀의 눈썹에 앉고
아침에 일어나 일을 하고 저녁에 잠자리에 드는 것처럼
바람이 나뭇가지를 매일 아침 흔들고는 저녁이면 사라지
는 것처럼
평범하지만 소박한 일상과 사랑이 얼마나 중요한지
이른 봄 정원의 나뭇가지에
새싹이라는 서럽지만 따뜻한 소식을 다는 것을 누가 알리오.

칸나가 등불을 켜면
여름은 사랑하는 사람들의 가슴에 꽃을 달아주고
지나간 시간을 그리워하며 꽃의 영광을 부러워하지만

우리의 차지가 되는 것은 추억과 빛의 그림자뿐
흰 구름은 칸나가 들고 있는 꽃등 속으로 숨고
사람들은 살아있을 때는 주인이 되지만
그림자만 남기고 서러운 먼지가 되어 사라진다.

동상銅像

잘생긴 여배우의 콧등이다.
가수의 입술이다.
먼지보다는 오래 남는 복을 받은 사물이다.
어린 시절 소주를 좋아하시던 할아버지 옆에 앉아 보던
금복주 소주병 복 영감의 커다란 귓불이다.
제주도 서귀포에서 보던
검은 화강암 덩어리이다.
끝없이 이어지는 묵주 기도 소리이다.
이 세상에 영원한 것은 없다.
다만 변해 갈 뿐이다.
변해 가는 것을 거부하고
영원을 향해 바라보는 눈이다.
피아노 건반을 두드리는
피아니스트의 손끝에서 피어나는 장미꽃이다.
저녁노을이 번지는 카페cafe의 창가에 앉아 마시는
와인의 향기이다.
현존現存하는 모든 것이 진리이고
이 근본 위에서 사상思想은 성장한다.
사람들은 사상을 먹고 껍데기를 벗는다.
결국 그것은 사상의 단단한 현신現身이다.

왜?

희망은 왜 위태로운가?

절망은 왜 날카로운가?

교회 십자가 위에 올라앉은 까치가 찬 바람에 흔들린다.

사랑은 왜 배고픈가?

미움은 왜 절벽인가?

찬 바람이 불수록 왜 그리움은 사무치는가?

살아가는 날이 많을수록

왜 가슴에 쌓이는 그리움의 부피는 늘어가는가?

절망 뒤에는 먼 훗날 희망이 다가오고

미움을 버려야 사랑은 진실을 가지는데

사람들은 왜 미움을 버릴 수 없는가?

왜 사람에 대해서 미리 예단豫斷하고만 마는가?

나무를 부러뜨리는 강풍이 불어도

나무들은 바람과 어울려 함께 산다.

때가 되면 천국으로 들어가는 문門이 열리고

그때는 희망도 절망도 필요가 없다.

초원의 빛(Splendor in the grass)*

　1928년 미국 캔자스주 어느 마을 10대 여고생 디니와 10대 남고생 버드가 서로 사랑을 한다. 디니는 결혼 전 순결을 지키라는 엄마의 충고를 성실히 따랐고 디니를 사랑했으나 욕망의 유혹을 이기지 못한 버드는 디니와 같은 반 여학생 주아니타의 유혹에 넘어가 넘지 말아야 할 선을 넘고 만다. 이 사실을 알고 우울했던 디니에게 어느 날 학교 수업시간에 여선생님이 윌리엄 워즈워스의 시 '초원의 빛'을 소리 내어 읽으라고 한다. **여기 적힌 이 먹빛이 희미해질수록 당신의 사랑하는 마음이 희미해진다면 이 먹빛이 마름하는 날 나는 비로소 당신을 잊을 수 있겠습니다 초원의 빛이여 꽃의 영광이여 다시는 그 시간이 돌아오지 않는다 하더라도 서러워 말지어다 그 속 깊이 간직한 오묘한 힘을 찾으소서 초원의 빛이여 빛날 때 그대 영광 빛을 얻으소서.** 선생님이 초원의 빛과 꽃의 영광의 뜻을 묻자 디니는 짧게 대답하고 울면서 교실 밖으로 뛰어나가다 정신을 잃는다. 집에서 요양하며 버드에게 순결을 주지 못했던 자신을 자책하며 몇 날 며칠을 울고 지내던 디니는 얼마 후 고등학생 댄스파티에 참석한다. 모두들 오래간만에 온 그녀를 반기지만 디니는 버드를 찾아 바쁘게 움직인다. 디니는 버드를 밖으로 데리고 나와 함께 승용차 안으로 들어가 자신의 순결을 가지라고 한다. 디니를 아끼고 디니의 순결을 소중히 여기던 버드가 이를 거부하자 디니는 울부짖으며 차 밖으로 뛰어나가고 인근의 폭포가 있는 강으로 뛰어든다. 사람들이 그를 구하지만 디니는 실성失性한다. 죄책감과 사랑으로 버드는 그녀와의 결혼을 결심하지만 결혼보다는 명문 대학에 우선 입학해야 된다는 아버지의 강력한 반대로 뜻을 접는다. 신경쇠약에 빠진 디니는 정신병원에 입원하고 버드는 원치 않는 명문 대학교에 입학했지만 공부보다는 놀음에 빠지다 결국 퇴학을 당한다. 디니는 정신과 병원에서 분노 장애를 겪는 의대생 환자 찰스와 친하게 지내다 새로운 사랑의 감정에 눈뜨게 된다. 2년 반 동안 입원 치료 후 마음의 상처가 나은 디니가 퇴원하기 전 이미 오래전에 퇴원하여 이제 의사가 된 찰스로부터 청혼을 받고 한 달 뒤에 결혼을 약속한다. 퇴원 후 고향 집으로 온 디니는 첫사랑으로 가슴 떨리던 추억에 잠겨 혹시 아직도 버드가 자신을 사랑한다면 의사 찰리와의 약속을 저버리고 결혼을 해야겠다는 들뜬 마음으로 버드를 만나러 간다. 그런데 그렇게 자신이 목숨보다 더 사랑했던 버드는 고향으로 돌아와 하고 싶었던 농장 일을 하고 있었지만 방황하던 대학생 시절 자신에게 힘이 되어주었던 이태리 여자와 이미 결혼해 있었다. 실망감과 놀라움의 표정을 감추고 디니는 버드에게 "행복해?"라고 묻는다. 버드와 작별하고 돌아가는 차 안에서 여자 친구들이 디니에게 "아직도 그를 사랑하니?"라고 묻는다. 디니는 말없이 아쉽고 쓸쓸한 표정만 짓는다. **초원의 빛이여, 꽃의 영광이여, 다시는 그 시간이 돌아오지 않는다 하더라도 서러워 말지어다. 그 속 깊이 간직한 오묘한 힘을 찾으소서.** 영화가 끝나고 디니를 대신해서 관객들이 엉엉 운다. 영화관이 눈물바다가 되어 관객들이 눈물바다 속에 빠져서도 계속 운다. 첫사랑 순수한 감정을 잊지 못하는 가여운 디니. 일생에 한 번뿐인 청춘의 빛이여, 꽃의 영광이여. 사람들의 가슴을 예리하게 베는 디니의 쓸쓸한 미소가 노란 나비가 되어 팔랑팔랑 날아다닌다. 진정한 첫사랑은 가슴에 깊은 상처를 내고 연인들은 상처를 쓰다듬으며 상처를 잊기 위해 바쁘게 살아가고 지워지지 않는 상처만 간직한 채 세상을 뜬다.

* 초원의 빛(Splendor in the grass): 미국 배우 나탈리 우드Natalie Wood가 주연했던 엘리아 카잔Elia Kazan 감독 영화, 1961년 개봉작.

일백 년 뒤에

"지금부터 일백 년 뒤에 당신은 어디에 있을까요?"

A 시인에게 묻는다.

천국에 가서 성스럽게 지내고 있겠지요.

이 생生을 마감하고 환생하여 어느 먼 나라 외진 곳에 있겠지요.

가난한 나라의 시인이 되어 시를 쓰고 있겠지요.

"지금부터 일백 년 뒤에 당신은 어디에 있을까요?"

B 시인에게 묻는다.

이 세상에서 영혼으로 남아 먼지처럼 떠돌고 있겠지요.

바람 소리가 되어 빗줄기가 되어 지상으로 다시 오겠지요.

그러나 나를 알던 사람들이 내가 온 것을 알아줄까요?

이 세상에서 정확한 답을 줄 사람은 아무도 없다.

이 세상에 있는 내가 알던 사람들 곁으로 다시는 돌아오지 못할 수도 있다.

친구야, 생각을 말고 현재를 아끼며 살자.

"지금부터 일백 년 뒤에 나는 어디에 있을까?"

키 높은 나뭇가지에 올라앉아 노래하는 새가 되어있을까?

나를 알던 선한 사람들 어깨 위에 꽃노을로 내려앉아 있을까?

꽃구름

구름을 불러 땅에 눕히고 꽃씨를 수정授精한다.

구름이 산통産痛을 호소하며 꽃구름을 분만한다.

사막을 걸어가는 낙타의 방울 소리가 쓸쓸하다.

꽃잎에 매달린 물방울에게 하늘로 올라가는 손잡이는 없다.

꽃이 흔들리고 구름은 일어나 하늘로 올라간다.

풍경이 아름다운 것은 사람이 그 풍경 속에 있기 때문이다.

침묵도 하나의 풍경이다.

그 속에 많은 마음의 그림을 담고 있기 때문이다.

너무 급하게 달려가지 말자.

우리는 에덴의 동산에서 시간을 훔쳐야 한다.

흐르지 않고 사라지지 않는 시간

그 속에 웅크리고 싶은 것이다.

붉은 노을 속으로 거짓말같이 시간은 지고

마지막 단풍잎이 떨어진다.

그것은 사랑이 눈멀게 하던 청춘의 시간을 가리킨다.

누군가 오면 반드시 또 다른 누군가는 떠나야 한다.

홀로 울던 바람이 어깨를 두드린다.

그렇게 누구나 실은 외로운 것이다.

하늘에 꽃구름이 흐드러지게 피었다.

녹색만 남다

산책길 옆에 서있는 키 큰 나무들 나뭇잎들 위를
걸어가는 바람 소리가 보인다.
나뭇잎들이 쏟아내는 개울물 같은 소리
나뭇잎들이 털어내는 빗방울 같은 소리
다리가 긴 바람이 이쪽 나무에서 저쪽 나무로
초록 향기를 뿌리며 나뭇잎들을 밟고 가며 소리를 낸다.
빨 주 노 파 남 보 색깔은 다 어디로 갔을까?
살아남기 위해 초록빛만 남겨 둔 나뭇잎들이
다른 색깔을 어디에 다 버렸을까?

산책길을 젊은 여인이 걸어가고 아이가 뛰어간다.
사람들은 이 도시에서 살아남기 위해
무엇을 버리고 무엇을 간직해야 할까?
바람이 분다. 나뭇가지가 바람이 부는 방향으로 휘어진다.
끝까지 부여잡아야 살아남을 수 있는 열매는
신의信義와 사랑인가, 불의不義와 배신인가?
산책길에는 윤동주, 김영랑, 한용운이라는 서럽고도 아
름다운 이름들이
줄을 지어 서있다.

그리운 인생

아이야, 살면서 그리운 얼굴을 보자.
빈손으로 왔다 빈손으로 가는 인생
영겁永劫에 비하면 찰나인 인생
아이야, 예쁜 꽃 보고 살자.
아무리 큰 사람도
비행기에서 보면 모래알 같은 인생
아이야, 빛나는 노래만 듣고 살자.
하느님의 눈으로 보면 모두가 어리석은 인생
아이야, 사랑하는 사람을 사랑하며 살고
떠나간 사랑을 그리워하며 살자.
아이야, 바람 부는 날 나뭇잎 부딪히는 소리와
새들의 노래를 듣고 살자.

아이야, 달빛 한 번 보고 사랑하자.
별빛 한 번 보고 미움을 버리자.
미워하지 않는 것과 아파하지 않는 것은
일생의 큰 복이다.
찰랑이는 천국 문의 열쇠를 들고 검은 천을 두른 밤이 온다.
미워하지 않는 것과 아파하지 않는 것이
밤이 설파하는 진리다.

밤이 낳은 아이를 보라.

눈이 없고 입이 없고 귀만 있어도 행복하게 뛰어다닌다.

밤이 찰랑이는 열쇠 소리가 고요 속에서 연꽃처럼 빛난다.

현인賢人을 찾다

푸른 나무들이 줄지어 서있는 산책길에서
나뭇잎들의 향기를 찾으려고 마음먹은 것은
따뜻한 햇살 때문이다.

모든 나뭇잎들을 만질 수는 없지만
나뭇잎마다 제각각의 영혼이 앉아있기 때문에
숲속에서 키 큰 나무들이 넘어질 때 사람의 통곡 소리
를 낸다.

지상에는 할 말을 하지 못하고 돌아서서 우는 청춘靑春들
이 너무 많다.
나뭇잎의 향기를 찾는 것처럼 직장을 구하지 못한 청춘
들은 나무를 닮았다.
바람이 불자 말하지 못한 자들의 음성을 담은
이팝나무 꽃잎이 하얀 비처럼 내린다.

2015년 여름 대한민국, 세상이 잘못 돌아가고 있다.
희망, 선함, 아름다움만 찾으러 구도자처럼 걸어간다.
삼국지의 유비劉備는 제갈공명을 만나기 전에는 한낱 작
은 장수에 불과했다.

유비가 간절한 마음으로 제갈공명을 찾듯 산책길을 걸으며 현인賢人을 찾는다.

마음을 버리는 방법과 희망으로 가는 길을 알려 주는 현인을.

나 혼자가 아닌 우리 모두가 함께 찾아야 한다.

푸른 나무들이 줄지어 서있는 산책길에서

나뭇잎들의 노래를 찾으려고 마음먹은 것은

향기로운 햇살 때문이다.

신기하지 않은가?

신기하지 않은가?

거대한 지구가 46억 6,700년 전에 만들어진 이후로 하루도 쉬지 않고

지축이 23.5° 기울어진 채로 매일 24시간 동안

시계 반대 방향으로 한 바퀴를 돈다는 것이.

석유를 태우는 힘으로도 아니고 태양 전지 힘으로도 아니고

어떻게 영원히 돌 수 있을까?

엄청나게 빨리 도는 지구에서 사는 우리는 왜 어지러움을 느끼지 못할까?

신기하지 않은가?

우주에 태양처럼 스스로 빛과 열을 발산하는 별들이 1,464개나 있다는 것이

그 별들이 지구의 밤하늘에 모래알처럼 빛나고 있다는 것이

태양보다 100배 큰 별이 있다는 것이

신기하지 않은가?

지구 멸망을 대비하여 새로운 항성을 찾기 위해

2015년 6월 28일 오전 10시 21분에 미국 민간 우주 개발 업체인 스페이스 X가

지구 위를 도는 국제우주정거장에 식료품과 장비를 전달할 화물 우주선을 실은 로켓 팰컨 9를

플로리다주 케이프커내버럴 공군 기지에서 발사했지만

2분 19초 만에 폭발했고 벚꽃 잎처럼 잔해가 떨어져 내렸다.

멀고 먼 지구 밖에 우주정거장이 있고

거기에서 우주인들이 살아가고 있다는 것과

우주인들에게 지구에서 식료품과 장비를 보내는 것도

신기하지 않은가?

작은 우주라는 인간 몸을 이루는 기본 구조 단위인 세포

수가 100조를 넘는다는 것이.

그 많은 세포들이 서로 균형을 이루어 몸을 움직인다는 것이

신기하지 않은가?

제3부

그림자에도 따스함이 있다

그림자에도 따스함이 있고 눈물도 있다.
그림자에서도 시간이 흐른다.
실존實存하는 물체는 그림자를 거느린다.
그러나 그림자에게는 선택권이 없다.
살아있는 모든 것이 이 세상을 떠날 때
실존의 증거물인 각자의 그림자를
두루마리처럼 말아 함께 가지고 간다.
살아있는 것들은 태어날 때도 선택권이 없고
죽을 때도 선택권이 없다.
이 세상에 우리를 단지 던져만 놓고
각자의 삶을 우리에게 책임을 지우는
잔인한 투기자投棄子는 누구인가?
겨울바람 속에서도 살아남기 위해
길고 긴 노역勞役을 해야 하는
실존이 있어야만 존재하는
있는 것도 아니고 없는 것도 아닌
적막한 그림자가 실존보다 먼저 흐느끼기 시작한다.
따뜻한 바람이 젖은 그림자를 일으켜 세운다.
그림자가 일어나 인간처럼 걸어간다.

난초에게 말을 걸다

날씬하게 뻗어있는 난초잎들이
소리의 알갱이들이 굴러떨어지는 낭떠러지를 이룬다.
난초에게 말을 건넨다.
난초는 안개를 생산하는 공장이다.
난초가 안개에 묻힌다.
안개가 난초에게 말을 한다.
근원을 찾아가는 발걸음 소리가 차지하는 광장에
설원雪原을 달려가던 늑대의 발걸음 소리가 들리는 의미
가 무엇인가요?
누군가 자신의 말을 들어줄 대상이 있다는 것은 큰 행복이다.
그렇게 난초는 안개와 최초의 말을 나누며 정신을 섞는다.
난초가 말을 할 때마다
안개는 허리가 더 날씬해지고 끝이 더 뾰족해진다.
그런 것이 안개의 희망이듯
보여 주는 것도 소리가 없는 말의 한 양식樣式이었다.
내가 난초에게 말을 걸듯이
난초는 자신이 생산해 놓은 안개를 최초로 의지하며
면적이 없는 말을 건넨다.
난초여, 무심한 공간에 의미를 색칠하는
사선斜線의 미학美學이여,

하루를 살아가는 것도

무심한 허공에 난의 날씬한 잎을 걸쳐두는 것

그 이하도 그 이상도 아니다.

말소리가 차지하는 공간은 분명히 있고

볼 수 없는 말이 진동을 통해 자신을 증명한다.

난초에게 좁은 면적의 말을 던지면

난초는 안개를 뿜어내며

안개에게 말소리도 무게가 있다는 것을 말해 준다.

안개보다 정밀하게, 난보다 처절하게

인간들은 자신들 인생의 밝은 면의 무게를 잴 수 있을까?

안개와 놀다

안개가 붓을 들어
산을 지우고 강江을 지우고 인간을 지우고
세상 만물을 지운다.
안개의 말은 있다와 없다 두 가지뿐이다.
내가 있지만 없을 수도 있고
내가 없어도 있을 수가 있는
안개의 언어에 익숙하지 않은 도시인들은
안개가 곧 꽃으로 변할 거라고 생각하고
안개가 거대한 새가 되어 날아갈 거라고 상상하고
안개는 소리 없는 오케스트라 연주라고 생각한다.
안개는 은화를 찰랑이며 걸어오는 거인이라고 상상한다.
안개와 어둠은 동종同種이다.
딱딱한 어둠에 비해 안개는 따뜻하고 포근하다.
안개는 자연이 슬며시 보여 주는 암호이다.
안개 속에 파묻힌 나무가
스스로 나뭇잎들을 모두 떨어뜨리고 나목裸木이 된다.
길을 내기 위해 먼저 온 아무것도 아닌 자의 외침이 안
개를 흔든다.
안개가 뒤로 조금 물러서자 나목裸木이 나뭇가지를 내밀고
안개가 더 뒤로 물러서자 강이 반겨준다.

안개의 가슴에 손을 밀어 넣어본다.

강이 일어서는 소리가 들린다.

안개의 겨드랑이에 손바닥을 대어본다.

눈먼 새들이 파닥이며 날아오르는 진동이 들려온다.

아무도 보이지 않는 안개 속에서 사람들은 평등하게 작아지고

사람들이 가야 할 바른길이 더 뚜렷이 보인다.

안개 속에서 사랑만큼 어두움을 밝히는 따뜻한 빛은 없다.

바람을 만지다

바람이 아파트 앞
소나무, 향나무, 단풍나무 정원을 기습하고
함부로 나뭇잎을 흔든다.
손을 내밀어 거친 바람을 만져본다.
바람은 산속 숲의 고요를 기억한다.
고요가 생산한 풀벌레 소리들의 서늘함과
재스민꽃 향기들의 맑은 입자들을 적시던
가랑비들의 노래를 추억한다.
바람의 미끄러운 지느러미가 파닥인다.
모든 생물들은 바람처럼 왔다가 바람처럼 간다.
수없는 이별에 상처투성이가 된 바람을
상처 난 가슴이 안아본다.
열 갈래의 꼬리를 가진 여우의 코끝 감촉이 턱에 와 닿는다.
바람이 우는 모습을 본 자는 없다.
바람이 왜 우는지 아는 사람도 없다.
다만 바람이 남긴 슬픈 흔적만 본 것뿐이다.
바람 같은 연인戀人
바람 같은 인생
떠나는 자가 있고 남는 자만 있을 뿐이다.
아파트 앞 나무 정원을 넘어 건너편 동산을 넘어

강江을 건너는 바람의 다리가 푸르다.

바람은 다음 생生의 풍경을 보고 온 것인가?

균열龜裂

단단한 바위에도 균열이 생긴다.
어두운 균열 사이로 꽃 한 송이가 피어난다.
개구리 울음소리도 여름밤에 균열을 일으키지만
고층 아파트에서 잠드는 도시인들의 마음에 평화를 준다.
종이여 울려라. 세월은 흐르고
나는 황혼을 배경으로 요단강 앞에 서서 돌아보며
이 생生의 오래된 성벽을 덩굴손으로 타고 오르는
담쟁이 나무가 되어간다.
성벽의 균열을 지나면서도 결코 떨어지지 않으리라.
죄 사함을 얻기 위해
신자들이 성당 고해소에 앉아 고백할 때
의자는 자신이 나무였던 것을 추억하고
아담을 유혹한 사과나무의 원죄를 기억한다.
추억에도 균열은 있다. 종이여 울려라.
세월은 가고 나도 가고
살아있는 모든 것도 늙어가고
밤하늘 저 끝에서는 매일 푸른색 별들이 태어나고
너무 빨리 가는 세월을 잊기 위해
외로운 사람들은 밤의 푸른 눈동자에 빠져든다.
살아있는 존재는 인생을 생각하기 시작할 때

이미 돌아갈 날들이 얼마 남지 않았다.

불행한 시기를 이기지 못하면 운명에 지는 것이다.

날 선 바람이 불어올지라도 언젠가 따뜻한 햇볕이 찾아온다.

인생에는 균열이 많고 균열 속에서도 아름다운 꽃은 핀다.

너무 사람들을 믿지 말자.

그 믿음이 칼이 되어 찌를 수도 있다.

믿었던 인간관계에도 균열이 생길 수 있다는

진리를 이해할 수 있을 때 마음에 평화는 온다.

상처 입은 사람들이 돌아서서 울고 균열도 함께 운다.

저녁 산책로를 걷다

저녁 산책로 옆에 줄지어 선
가로등과 가로등이 실핏줄로 연결되어 있다.
실핏줄 속에 꽃잎을 닮은 작은 피톨이 달려가고
실핏줄 속에 단풍잎을 닮은 피톨이 달려간다.
각각의 피톨은 가로등의 혈관으로 흘러 들어가
밤새 가로등을 따뜻하게 할 것이다.
가로등에서 쏟아져 내리는 따스한 빛의 방울들이 대지
와 부딪혀
향기로운 음악 소리를 낸다.
산책로 위를 걸어가는 사람들은 가로등들 사이에 쳐진
실핏줄 방충망防蟲網을 볼 수 있을 것이다.
달려가는 세월이 방충망에 잡힌다.
사랑은 가고 추억은 남는 법
아, 나는 지금 그 무엇을 위해 끝없이 걸어가고 있나.
친구여, 우리가 걸어가는 길이 사막이라면
사막에서 병든 낙타의 상처를 치유하는 카라반caravane의
순한 눈빛으로 나의 손을 잡아주오.
병든 낙타가 사막에 묻히지 않고 마지막 목적지에 도달
할 수 있도록
어깨를 감싸 안아주오.

홀로 걷는 것이 외로워 보이면

강물이 되어 서로의 어깨를 마주 대며 흘러가기를 기도
해 주오.

가로수를 흔드는 바람은 늘 무뚝뚝하다. 삶이 그런 것처럼

밤의 가로수는 폐허에서 무너져 쌓여 가는 시간을 보는
눈을 가졌다.

변해 간다

비처럼 떨어지는 것도 이젠 슬프지 않다.
그것은 누구에게나 해당되는 자연법칙이니까.
변해 간다. 모든 것이
나무는 키가 자라고 우리는 늙어간다.
살아있는 자에게 슬픔은 운명적運命的이다.
세월이 흐르는 것도 슬픔이요,
사랑하는 사람들과의 만남도 슬픔이다.
세월이 흐를수록 우리들의 슬픔은 더 단단해져 간다.

사람들은 언제까지나 그대로 있기를 바라지만
세월은 여배우女俳優의 눈가에도 주름을 새긴다.
어느 순간 너무 흘러간 세월을 발견하고
너무 흘러간 나의 시간을 바라본다.
마른 나뭇가지를 매만지는 쓸쓸함이 인생을 그대로 드러
내는 말인가.
세월은 앞만 보고 달려가고 우리들도 정신없이 뒤를 따
라간다.
새로 짓는 고층 아파트는 매일 키가 자라고
새 떼가 물결을 이루며 하염없이 흘러간다.
팔과 다리가 긴 타워크레인은 하늘에 떠있는 가난한 궁

전이다.

　궁전 속에서 헤라클레스를 꿈꾸는 늙은 운전기사가

　시간이 화살처럼 달려가는 하늘을 응시한다.

　새벽 일출日出의 씩씩한 빛은 결국 울음이 가득한 저녁노
을로 변한다.

　시간이 가고 우리는 남는다.

　우리가 사라진 뒤에 새로운 후배後輩가 자리를 차지할 것이고

　세상의 톱니바퀴는 여전히 잘 돌아갈 것이다.

　내가 사랑했던 사람들이 줄지어 먼저 떠나가고

　키 큰 가로수들이 서있는 보도步道를 홀로 걸으며

　되돌릴 수 없는 영원한 별리別離와 악수한다.

　슬픔마저도 포옹하자.

　인생의 빛깔은 각자의 마음 자세에 따라 변해 간다.

　세월이 흘러도 우리들의 마음은 그대로인데

　우리들의 육신은 시든 꽃잎으로 변해 가고

　우리들은 떨어져 누운 꽃잎들을 너무 늦게 발견한다.

달려간다

내가 달려가면 하늘 구름 속에서 꽃이 피어난다.
내가 달려가면 바다에서 해무海霧가 벌거벗은 여신女神으
로 변한다.
나무가 꽃을 머리에 이고 달려간다.
오래 서있던 빌딩이 환한 빛 덩어리가 되어 달려간다.
앉아있던 산이 일어나 걸어갈 준비를 한다.
세상에는 빠른 것들이 추앙을 받는다.
도시인들은 너무 빨리 달려가고
가장 빠른 것이 최고의 미덕이다.
그 와중에도 빠르면 안 좋은 것이 있다.
그것은 화살보다 빨리 날아가는 세월이다.
내가 달려간다.
까치가 달려가다가 하늘로 날아오른다.
달려가는 것보다 더 빠른 비행기가 있고
비행기보다 더 빠른 마음이 있다.
내가 너를 사랑하는 마음은
우주선보다 더 빠르게 너에게 전달된다.
빨리 달려가면서 도시인들은 잊는다.
나는 누구인가를
더 빨리 달려가면서 잊는다.
어떻게 사는 것이 좋은 삶인가를.

잃어버린 것을 찾다

벚꽃 잎들은 지난 추억과 지난 이야기들을 적은 편지를
무표정한 도시인들에게 보낸다.
내가 그대를 처음 만났던 찻집에서
그대가 집어 들었던 연두색 볼펜
그렇게 만남은 시작되었고 인생은 아름다운 색으로 변
했었다.
벚꽃 잎 뒤에서 그 따뜻했던 시절이 일렁인다.
그 여인과의 따뜻한 포옹이 피어나고 있다.
내가 그대를 사랑했기에 그대도 나를 사랑했지만
꽃잎들은 우리에게 아무런 조건 없이 노래를 불러준다.
사람들과의 사이에는 너무 많은 계산과 가식假飾이 있다.
사람들은 의심의 눈빛으로 꽃나무의 배신을 두려워한다.
벚나무들이 바람이 불자 무한 복제를 하기 시작한다.
벚나무 하나에 별과 꽃나무 하나에 노래가
벚나무 하나에 사랑과 우정이 꽃잎으로 피어난다.
시내 전체가 벚나무의 세상이 되었고
사람들은 제 스스로
따뜻한 마음과 잃어버렸던 사랑을 조금씩 찾기 시작한다.

나를 위로하자

숲을 거닐면서 우리는
푸른 염색을 한 바람과
반월형半月形의 무지개 위를 거니는 천사들과
풀잎 위에서 빛나던 이슬방울에 대해 이야기한다.
돌아보면 인생길은
십자가상像 앞에서 무릎 꿇고 간절히 기도해 보아도
우리의 소망은 그냥 저 강물처럼 흘러만 갔었다.
슬픈 꿈을 꾸었고 그리고 절망했고
저녁 별에 눈물로 쓴 편지를 보내었다.
아득하고 힘든 기억들이 꽃밭이 되어 우리들을 지켜보았다.
앞만 보고 가자. 다시 돌아오지 못할 이 생生을
이제부터라도 하루하루를 새벽 종소리 빛깔로 물들이자.
천국의 문을 열 황금빛 열쇠 꾸러미가 찰랑인다.
내가 선택하여 걸어온 이 길을 후회하는 것은 의미가 없다.
너무 힘들게 걸어온 나의 어깨를 두드리며
지금의 내가 나를 위로하자.
멀고 험난한 길을 잘 참고 지내왔노라고
나의 문門을 두드리는 빛이 있을 때
무심한 마음으로 문을 열어주자.
숲을 거닐면서 우리는

저녁의 어두움을 대비하며 한 나무에 모여
함께 즐겁게 지저귀는 새들의 푸른 마음과
황혼 녘 노을 진 하늘로 난 무지개 길의
빛나는 아름다움에 대해 이야기한다.

유행가가 흐른다

온천천溫泉川이 노래처럼 흐른다.

유행가가 온천천을 끌고 흐른다.

비둘기 떼가 음표를 그리며 날아간다.

하루 동안 250밀리미터의 기습 폭우暴雨가 쏟아져

온천천이 범람하고 도로가 침수되고 인명人命 피해가 생기고

부산 도시철도 일부 구간도 침수되어

전동차가 멈추어 섰던 팔월 이십오 일

그 며칠 뒤 수십 마리의 비둘기들이

온천천 옆 산책로 위에 널린 흙더미를 부리로 파헤쳐

지렁이들을 잡아 진수성찬珍羞盛饌을 벌인다.

온천천 옆 빌딩 지하 주차장에서 안타까운 죽음이 있었는데도

온천천은 누런 황소처럼 앞만 보고 달려간다.

온천천이 수영강과의 경계에 이르러서야 비로소

자신의 몸을 한 번 바라보다가 노래를 버린다.

온천천이 버린 노래를 누군가 나지막이 흥얼거린다.

인생은 나그넷길. 어디서 왔다가 어디로 가는가.

인생은 슬픈 노래인가. 기쁜 노래인가.

온천천이 수영강이 되고 수영강은 바다가 되는 지점에

한 무리의 시민들은 물고기들을 방생放生하고
또 한 무리의 시민들은 낚싯대로 물고기들을 낚는다.

구름 위의 비행기에서 보다

본래 모양이 없는 물방울들도 서로 모이면

구름이라는 영토가 되는구나.

차가운 물방울들도 따뜻한 양털 영토가 되는구나.

하찮은 것들도 모여서 비를 만들고 눈을 만들고

양털 영토 위에 설산雪山을 세우고 눈부신 양털 나무를 심

는구나.

노을은 구름 위를 장식하는 꽃이다.

구름 위에도 구름이 있고 구름과 구름 사이로

밤 비행기는 날개 끝에 언약보다 예쁜 불을 달고 날아간다.

끝없는 바다이며 설원雪原이며 사막이며 얼음 왕국인 구

름 영토에는

큰 바위 얼굴 모양의 구름이 사슴과 백곰 형태의 구름을

부르고 있다.

물방울을 머금고 하얀 비늘의 물고기가 달려간다.

구름 위에도 바람이 불고 바람이 구름을 밀고 가면

형체를 얻은 물방울들이 서로 부딪혀 풍경風磬 소리를 낸다.

내가 구름 사막에서 맨발로 걷는다.

밟히는 모래알이 따뜻하다.

구름 위에서는 벽시계가 길게 늘어지고

벽시계에서 떨어진 시간이 흐느적거리며 느리게 흐른다.

구름 해일이 몰려오고 비행기가 구름 사막 속으로 실종失
踪된다.

초승달

세상 사람들의 모든 근심이 달의 표면을 눌러
눈썹 같은 초승달을 만들었다.
초승달은 무거울 것이다.
속으로 사람들의 슬픔을 꼭꼭 쟁여두고
사람들 슬픔의 무게가 큰 바위가 되어 달의 표면을 누르니까
눈썹 같은 면적이 인간들의 희망이고 미래인가?
초승달은 마지막 희망마저 버리고 나서
자신을 올려다보는 사람들을 대신해서
새 희망의 면적을 키운다.
절망을 다 버리고 나서야 비로소 태어나는 희망
아, 누가 저 둥근 달에 날카로운 모서리를 만들었나?

난초蘭草를 보며

공간을 소리 없이 베어버린다.
피를 내지 않고도 날렵하게 큰 획을 긋는 검법劍法
날카로운 칼날에 공기가 스스로 베인다.
난초잎이 공간을 가르는 소리를 들었는가?
난초잎보다 더 날카롭고 부드러운 칼날을 보았는가?
검劍으로 우리를 향해 겨눈 자세를 보고
사람들은 아름답다고 한다.
기품이 있다고 한다.
중국 미인 여배우 유역비와 장쯔이가
서로 칼날을 맞대고 있다.

마지막 잎새

빨간 신호등이 켜져 정지선에 얌전히 승용차를 세우고
파란불이 켜지기를 기다리고 있었다.
갑자기 쾅 하고 뒤차가 승용차 뒤 범퍼bumper를 들이받았고
나의 몸은 내 의지와 관계없이 앞으로 갔다가 뒤로 돌아왔다.
목이 아프다.
별 하나에 이름을 붙여 주었던 소녀가 사라지듯
이 세상에서는 아무리 주의를 기울여도
사라짐과 무너짐은 예측할 수 없고 순간적으로 온다.
하늘 아래 새로운 것이 없고 영원한 것도 없듯이
첨단 과학의 시대에 살면서 사방을 둘러보며 주의를 해도
운명의 순간은 우리를 노리고 있어
사라지는 순간을 예측하려는 것은 어리석은 일이다.
강풍이 불면 화약처럼 낙엽처럼 사라질 뿐이다.
초원에서 사자가 풀숲 뒤에 숨어 풀을 뜯어 먹는 사슴 떼
를 노려보고 있다.
이 세상에서 순간적 사고로부터 나를 보호해 줄 그 무엇
은 없다.
한 치 앞도 모르면서 하루하루를 살아가는 현재의 나는
시간 앞에서 초라하게 흔들리고 있는 마지막 남은 잎새이다.

아픈 소녀를 위해 늙은 화가가 벽에 잎새를 그려 넣고
나는 현재라는 시간에 예쁜 색을 입힌다.

꽃나무를 보내다
―이별 없는 이별

    꺾여 넘어진 작은 꽃나무를 삼베로 덮고 밧줄로 묶고 분홍색, 노란색, 파란색 종이로 치장을 한다. 하얀 국화꽃들이 놓인다. 헤어짐 뒤에 다시 만날 수 있는 그곳으로 보내기 위해 주위에 둘러선 가족들은 성가聖歌를 부른다. 풀잎 끝에 맺힌 이슬방울같이 노래가 노란 나비가 되어 방 안 가득 날아다닌다. 저음으로 흐느적거리는 위령기도慰靈祈禱에 꽃이 자라고 꽃잎을 피운다. 뜻을 되새기기도 전에 사람들 가슴벽에 금이 가고 눈물이 폭포수처럼 뿜어져 나온다. 눈물이 모래가 되어 씹혀 노래를 부를 수 없다. 세상의 숲에는 나무들이 홀로 쓰러진다. 노래 운율 속에서 천국의 문이 잠시 보이다 사라진다. 연도회連禱會 회장이 위령기도를 다시 선창한다. 사라질 존재들이 모여 사라지는 꽃나무를 천국으로 실어 보낸다. 남아있는 자들이 자신들의 미래를 위해 손을 흔든다. 천국에서 부활하고 다시 만난다는 신부神父의 말을 아직 믿지 못한다. 불량 신자이다.

쓸쓸함을 위로하다

인생은 쓸쓸하다.
태어날 때도 쓸쓸하지만
저 생生으로 돌아갈 때도 쓸쓸하다.
쓸쓸함을 위로하기 위해
바람이 불고 키 큰 나무들이 노래하고
저녁마다 붉은 노을이 진다.

성당聖堂에 혼자 갈 때도 쓸쓸하고
집으로 홀로 돌아올 때도 쓸쓸하다.
사라지고 난 뒤에 갈 곳이 있다는 것이
따뜻한 포옹이 있다는 것이
짧은 인생, 삶의 쓸쓸함을 위로해 준다.

쓸쓸함을 이기기 위해 사람들은 서로 모여
밤늦게 술을 마시며 이야기하고
쓸쓸함을 잊기 위해 사람들은 일을 한다.

동래성당 성모마리아상像 앞에서
사월의 벗나무가 분홍색 눈물을 떨어뜨린다.

선택의 갈림길

세상을 살다 보면 선택의 갈림길에 서게 된다.
폭풍이 부는 언덕으로 가야 할지
바람이 잔잔하고 햇빛이 쏟아지는 대지大地로 가야 할지

세상을 살다 보면 선택을 강요받는 일이 있다.
가고 싶지 않은 길을 가야 할 때도 있다.
피할 수 없으면 즐기며 해야 할 때도 있다.

선택의 갈림길이 선택을 강요한다.
운명이 선택을 강요하지만
거부할 힘이 우리에게는 없다.

불가능을 알면서도 결단을 해야 될 때가 있다.
그 단 하나의 선택으로 모든 것이 무너질 수도 있다.
그 반대로 탄탄대로坦坦大路의 인생을 살 수가 있다.
단지 그 결과를 예측하지 못하고 선택할 수 있을 뿐이다.

세상을 살아가는 동안에는
새롭게 뻗어나는 나뭇가지도
하나의 위치로 향해 나아갈 선택을 강요받고

폭풍이 불거나 폭염暴炎이 오거나 눈이 오더라도
자신이 선택한 자리를 지키며 산다.

제4부

길 위에 서서 길을 찾는다

길 위에 서서 길을 찾는다.

살아온 인생길 위에서 나를 찾는다.

제대로 살아온 걸까?

길 위에 서서 인생을 되돌아본다.

내 인생은 황금 새인가? 검은 새인가?

먼 곳에서 누가 다가오고 있다.

하얀 옷을 입고 머리에 풀잎 왕관을 쓰고

빛을 거느리고 다가오고 있다.

말씀이 세상을 창조하였고

세상이 만들어 놓은 생각 위에 서서

진실한 삶의 의미를 찾는다.

길 위에 서서 우리는 어떤 목표를 사랑했는가?

그녀와의 따뜻한 추억이 깃털처럼 날아올라

내 주위를 맴돈다.

인생에서 사랑보다 행복한 선물이 있을까?

길 위에 서서 내가 마지막으로 돌아가는 날

나는 제대로 된 인생길을 걸었노라고 말할 수 있을까?

마음이 가난한 사람들만이 빈자貧者에게 손을 내미는

길 위에 서서 우리는 진정 부끄럽지 않을 수 있는가?

나무와 햇빛 사과

나무에서 햇빛으로 만들어진 사과가 떨어진다면
세상은 언제나 환해질 것이다.
과도로 햇빛 사과를 자르면 황금빛 씨앗에서 천상의 음
악 소리가
튀어나와 세상을 아름답게 만들 것이다.
나뭇잎들은 나무의 지느러미이다.
바람이 불면 나무들은 지느러미를 바삐 움직이지만
제자리를 떠나지는 못한다.
나뭇잎들이 일제히 숨구멍을 열고 숨을 쉬기 시작한다.
맑은 공기가 비눗방울처럼 하늘로 날아간다.
때가 되면 모든 가지의 잎을 버리는 나무와
언제까지나 잎을 쥐고 있는 나무가 대조를 이룬다.
한국에 녹색기후기금이 들어온다고 한다.
비틀즈의 렛 잇 비 노래가 공기를 경쾌하게 흔든다.
한국의 클린트 이스트우드가 나올 수 있을까?
그렇게 2012년 10월 22일 자 조선일보가 정보를 내민다.
산책로 옆의 나무들도 신문이 되어
풍향의 색깔과 바람의 온도와 계절의 위치에 관한 정보
를 제공한다.
하늘에 물고기처럼 떠다니는 천상의 음악과 이야기를

작곡가와 소설가가 그물로 잡는다.

사람들은 천상의 음악과 이야기를 오랫동안 추억한다.

폐차되기 전에 퇴역하는 기차는 수십 년을 지나치던 간이 역에 잠시 멈춘다.

이동의 자유가 없는 나무들도 천상으로 퇴역하기를 꿈꾼다.

세상의 곳곳에는 어둠이 자리를 잡고 무한 증식하고 있으니

나무에서 떨어진 햇빛 사과들로 인해

세상이 늘 환해질 수만 있다면 좋겠다.

끝없는 전쟁

꽃이 피었다가 지는 사이에 언어가 태어난다.
상형문자가 태어나고 음성문자가 날아다닌다.
문자 이전부터 있었던 꽃에게는 문자란 의미가 없다.
하느님이 말씀을 남겨 두고 천상으로 가셨다.
하느님은 말씀에게 역할을 대신 맡기고
이 세상에 다시는 돌아오지 않는다.
꽃이 피는 소리와 꽃이 지는 소리에서
아카시아 향기가 난다.
소리의 하얀 가루가 만져진다.
세상을 빨간색이나 파란색으로 물들이는 일을
하느님이 직접 하지는 않으신다.
열두 제자에게 가르친 말씀을 배운 사람들이 한다.
God bless you.
하느님의 말씀을 배운 사람들이
하느님을 대신해서 세상의 악과 싸운다.
세상의 악은 끝없이 악을 생산하며 영원히 살아남는다.
로고스는 세상의 어둠 속에서도 황금빛으로 환하게 빛나고
희미한 달빛이 낡은 성경책을 넘길지라도
세상의 선과 악의 전쟁은 끝없이 진행된다.

세상의 아름다운 것들

지느러미는 꽃이다.
무심한 물속을 장식하는 예술가의 손이다.
싱싱한 생명이 튀어나오는 악기이다.
앞으로 나아가게 하는 지느러미는
살아있다는 것을 증명하고
살아있는 것이 아름답다는 것을 보여 주는
현명한 농부의 팔뚝이다.
바람처럼 앞으로 달려가는 단거리 육상 선수의
장딴지가 아름답다.
거대한 군함을 앞으로 밀고 가는
스크루screw의 회전력이 아름답다.
풍력발전기의 거대한 하얀 날개를 돌리는
저 바람의 힘이 아름답다.
들판에 피어난 하얀 들국화들이
바람에 따라 좌우로 흔들린다.
젊은 여자가 꽃을 보며 환하게 웃는다.

오리가 날다

지평선을 본다.

지평선으로 걸어가 깃발을 꽂고 싶다.

지평선을 향해 다가갈수록 지평선을 만날 수 없다.

단지 멀리서 바라볼 때 지평선을 만날 수 있을 뿐이다.

온천천溫泉川 옆 풀밭에

갈색 청둥오리와 하얀 오리가 함께 누워 햇볕을 쬔다.

오리에게 다가가면 오리는 온천천으로 날아가 버린다.

쾌락에는 고통과 환희가 함께 섞여 있다.

즐거움만 찾아서 다가가면 환희는 사라지고 없다.

멀리서 바라보면 사람들이 쾌락의 노예가 되는 것이 보인다.

자유를 잃는 것이다.

쾌락은 외로운 사람들을 유혹한다.

외로운 사람들은 밤이 빨리 달려오기를 기다린다.

즐겁게 웃자. 삶이란 이중적이다.

오히려 죽음을 편하게 느끼는 사람도 있다.

불쌍한 삶을 밝게 색칠하기 위해 엘리엇Eliot을 만나자.

불빛 찬란한 밤의 보도步道를 걸어오면

내 청춘은 이미 너무 멀리 가버렸다.

지난 청춘을 기념하기 위해

차도 옆 보도에 하얀 목련 꽃잎이 수북이 쌓여 있다.

우리는 그대로 있는데 상황이 변하고 상황은 우리를 변화시킨다.

멋있는 폼을 잡으며 신기루에게 작별을 고하자.

인생은 슬프기만 하지도 않고 기쁘기만 한 것도 아니다.

마음을 비워야 행복이 온다는 단순한 진실을 실천하지 못하는

누가 슬픔을 부케bouquet처럼 던져주는가?

먹구름이 아코디언accordion을 연주할 수 있는가?

피아노 선율이 다급하게 창문을 두드리며

추운 세상에 온기溫氣를 준다.

온천천에 하얀 오리와 목이 파란 청둥오리가 모여 무심하게 논다.

그림자는 물에 젖지 않는다

연못에 지상의 꽃 그림자가 놓여 있다.
그림자는 물에 젖지 않는다.
어떤 슬픔도 그림자를 젖게 할 수 없다.
인생도 슬픔에 젖지 않을 수 있으면 좋겠다.
새들이 나뭇가지에 앉아 건반을 두드리자
하늘에서
세상의 모든 슬픔을 안고 빗방울들이
줄지어 뛰어내린다.
일순간 세상의 모든 슬픔이 사라졌다.
잠시 뒤 다시 몰려올 자세를 취하는 슬픔이라는 파도
슬픔의 크기가 아무리 커도
그림자는 물에 젖지 않는다.

어부漁夫

추운 바람이 부는 겨울날
벌거벗은 나무가 가늘고 긴 가지들로 어망漁網을 만들어
하늘의 물고기를 잡으려고 한다.

푸른 하늘 호수 위를
느릿느릿 꼬리치며 흘러가는 구름
나무는 하늘의 물고기를 잡는 어부이다.
예수를 따라나선 베드로이다.

늦은 밤
성당 찬송가가 날개를 흔들며
붉은 풍등風燈처럼 하늘로 올라간다.
흰 수염을 길게 늘어뜨린 베드로가
은빛 그물을 던져 구름 물고기를 잡는다.

뒤돌아보면

삶을 뒤돌아보면 누구나
가슴 아픈 사연을 책장처럼 넘길 것이다.
기쁨만 있는 인생을 산 사람이 있을까?
강江은 아픈 사연과 기쁜 사연을 함께 싣고 흘러가지만
강물은 지난 시간을 기억하려고 하지 않는다.
강변江邊을 한 남자가 달려간다.
남자의 뒤를 따라 흰 오리가 달려간다.
흰 오리의 뒤를 따라 흑두루미가 달려간다.
달리던 남자가 가속도가 붙자 서서히 하늘로 올라간다.
흰 오리와 흑 두루미도 뒤를 따라 하늘로 올라간다.
강 위에 무지개가 둥글게 걸린다.
세월은 총알이 되어 남자의 가슴을 관통한다.
거대한 강이 일어나 남자를 안는다.
우리들의 삶은 푸른색 깃발인가?
붉은색 깃발인가?

새야

날개를 펼쳐 하늘로 유유히 날아오르는 새야
키 높은 나무의 가는 가지에 앉아
자유를 즐기고 지상의 세상사世上事를 관조하는 새야
땅에 발을 딛고 하늘로 뛰어보지만
언제나 땅 위에만 서있는 나는
정처 없이 흘러가는 저 구름이 되면 좋겠다.
몇 알의 곡식과 작은 새집만 있으면 되는 새야
조금 더 가져야 되고 조금 더 알아야 살아갈 수 있는 나는
수천 년을 그대로 웅크리고 누워
아낌없이 주기만 하는 산이 되면 좋겠다.
허망한 명예를 위해 인생의 대부분을 허비한 나는
큰 날개를 펼치고 날아오르다가 욕망을 버리고 조용히
선회하는
작은 새가 되면 좋겠다.
강물처럼, 안개처럼 그냥 그렇게 흐르다가
아무도 모르게 무심히 흩어지면 좋겠다.
새야, 나는 누구에게도 슬픔을 주고 가기 싫다.
새야, 내가 사라진 자리에도 노래만 피어나면 좋겠다.
새야, 일순간에 사라질 인생에 화살로 박히는 새야

아침 산책

꽃들이 피는 소리가 새벽을 깨운다.
아침 산책로를 걸어가는 여인의 뒷모습이
나비처럼 팔락인다.
매미들의 울음소리가 깎아지른 절벽을 이룬다.
여름은 매미 소리가 귀에 꽂혀야 여름이다.
종려나무 숲은 기억하고 있을까?
사랑하는 사람들이 입맞춤하던 그 빛나던 시절을
연못에 빠진 구름이 흐물흐물해지자
분홍빛 잉어들이 구름으로 집을 짓는다.
집이 없던 연못에 수많은 집들이 생긴다.
공간을 뛰어넘는 바람은 긴 투명 망토를 입고 있다.
휘파람을 불자 까치가 바람의 끝자락을 열심히 쫀다.
아침 산책로에 쌍둥이를 태운 유모차가 낙엽처럼 밀려간다.
일급수 하천에 백로가 날아오듯
일급 바람과 꽃향기와 풀벌레 소리가 오솔길에 펼쳐져 있다.
끝없이 햇빛 밝은 오솔길을 걸을 수 있다면 얼마나 좋을까?
태어남 자체가 슬픔을 안고 있는 것이니
항우나 제갈공명도 우주에서 바라보면 한낱 먼지일 뿐
죽음의 계곡을 다시 건너온 사람은 아무도 없어도
종교라는 신화는 죽음 뒤 새 생명의 희망을 가르치니

죽음을 향한 행진을 우리는 즐겁게 생각해야 한다.

붉은 꽃들이 군락群落을 이루어 불안한 인생을 꽃물 들이고 있다.

인생이 서러운 빛을 보여 줄 때 아침 산책을 한다.

부산에 내리는 첫눈

임진년壬辰年 부산에 첫눈이 내린다.
12월 초, 겨울이 이제 시작되었는데도
평년보다 2주 일찍 첫눈이 내린다.
시민들의 얼굴에서 봄꽃이 핀다.
오랜만에 보는 눈
거가대교 양방향, 안창마을 입구, 기장군 철마로 도로의
차량 통행이 통제된다.
노란 옷을 입은 공무원들이 산복 도로에 쌓인 눈을 치운다.
차량들이 거북이 운행을 한다.
김해공항에서는 항공편이 결항된다.
교통이야 어떻게 되건 말건 펑펑 쏟아지는 눈은
사람들의 마음에 행복을 심어준다.
김해공항 인근 고가도로에는 벌써 교통사고가 났다는데
첫눈 오는 날 젊은 연인들은 약속한 장소에서 만나
내리는 눈을 보고 웃고
지나가던 사람들도 내리는 함박눈을 보며 웃는다.
골칫덩이 손님이라도 오랜만에 오면
좋은 대우를 받는다.
슬픈 마음을 지우고 악한 마음을 지우고

모든 분열을 지우고 하나로 편안한 마음만 가지라고 하는
하늘의 말씀이 아침부터 늦은 오후까지 따뜻하게 내린다.

2013년 희망 제작소

이 세상에 희망 제작소가 있다면
파란색 미래를 주문하고 싶다.
절망이 뛰어다니는 이 세상에서
나 혼자만을 위한 것이 아닌
너와 나를 위한 미래를 대량 주문하고 싶다.
세월은 가고 미움은 남고 떠날 날은 가까워 오고
왕도 선승禪僧도 떠나야 할 때가 있고
이 세상에서 이젠 희망만이 복음서이다.
희망은 만들기만 하면 스스로 복제를 한다.
팝콘처럼 무수히 만들어지는 파란 미래가
이 시대의 메시아이다.
그렇게 웃고 싶은 것이다.

이 세상에 천상天上 음악 제작소가 있다면
분홍빛 노래를 주문할 것이다.
슬픔이 파도가 되어 넘실대는 이 세상에서
짧고 덧없는 인생
슬픔이 지배하고 있는 이 세상을
노래가 분홍빛으로 물들이게 하고 싶다.
세월은 가고 짧은 내 인생이 끝이 나도

분홍빛 노래가 꽃이 되어
슬픔 가득한 이 세상을
어둠 가득한 이 세상을
환하게 빛나게 하고 싶다.

벚꽃 잎이 떨어지다

벚꽃 잎이 떨어져 모형 비행기로 변해 날아다닌다.
벚꽃 잎이 떨어져 비둘기가 되어 날아간다.
벚꽃 잎이 떨어져 밥 짓는 물고기가 되어 헤엄쳐 간다.
만개한 벚꽃 잎들을 보며 사람들이 웃는다.
만개한 벚꽃 잎들을 사람들이 사진 속에 저장한다.
푸른 하늘 사월에
모형 비행기와 비둘기와 물고기가 태극기처럼 펄럭인다.
땅에 떨어져 생명과 이별을 한 벚꽃 잎들이
환한 빛깔로 둥글게 모여있다.
인간의 죽음보다는 인간이 살아온 내력來歷이
땅에 떨어져 누운 저 벚꽃 잎보다 아름다울 수 있다.
무엇이 되었냐는 것보다 어떻게 살아왔느냐가
아름다움의 측도測度이다.
인간이 살아온 역사에서도 향기가 나면 얼마나 좋을까.
물속 고기 집에 오리가 알을 낳는다.
물속에 드리워진 그림자는 아무리 슬퍼도 젖지 않는다.
우리는 신이 내려준 실체實體의 그림자이다.
신이 실체를 하늘로 데리고 가면 사라지는 이슬이다.
그러니 슬퍼하지 말고 아름답게 살자.

외로운 사람이 나무가 되다

오늘은 비가 내리고
여인은 분홍색 우산을 쓰고 걸어간다.
오늘은 눈이 내리고
여인들은 노란색 우산을 쓰고 걸어간다.
오늘은 바람이 불고 여인들의 짧은 치마가 휘날린다.
오늘은 음악이 쏟아지고
여인들은 단풍이 된다.
오늘은 말씀이 떨어지고
바람은 이루어지지 않고
자연과 법칙만이 앞장서 걸어간다.
아 언제까지 돈이 불의不義를 감싸 주고
정의正義를 잠재우는 것을 보고만 있어야 하나?
오늘은 분홍색 비가 내리고
오늘은 파란색 눈이 내리고
오늘은 회색빛 바람이 분다.
푸른 나뭇잎들이 평화롭게 팔랑이며 침묵한다.
침묵도 싸움의 기술이다.
정의도 돈 앞에서는 눈물이 되는 것을 지켜보는
외로운 사람이 나무에 기대어 침묵으로 대항하다
서서히 회색 나무가 되어간다.

가슴에 간직한 울음 풍선

꿈이 나에게 말한다.
인생은 분홍빛이어야 돼.
꿈이 나를 안는다.
불안한 시선으로 미래를 보는
어린 시절의 내가 보이고
인생은 따뜻해야 돼.
꿈이 나에게 손을 내민다.
나쁜 사람도 사랑해야 돼.
그게 잘 안 된다. 나는
그래서 불행하다.
인생을 돌이켜 보면
이 세상에 던져진 내가 불쌍하다.
사람들은 저마다 가슴에
상처傷處를 핀처럼 꽂고 산다.
사람들은 모두가 가슴에
터질 것 같은 울음 풍선을 간직하고 있다.
세상 곳곳에 배신의 장미가 자라고
세상 곳곳에 양심은 버려지고 있다.
세상 때문에 멍들고 운명 때문에 울던 내가 불쌍하다.

행복

나는 행복한가?

오늘 하루 동안 눈을 뜨고 감을 때까지

정말 행복하였던가?

비 오는 온천천 옆 산책길에 오고 가는 사람은 없고

자전거 도로에 비둘기 떼 모여 비를 맞으며 즐겁게 논다.

나는 오늘 행복하였던가?

가슴속에 뜨거운 비가 내린다.

세상을 창조하신 하느님,

나를 하루 치의 양식만 있어도 기뻐하는

새가 되게 하소서.

해탈解脫을 꿈꿀 필요도 없이 고해苦海의 바다 위를

유유히 날아다니는 그런 새가 되게 하소서.

생각과 철학을 낙엽처럼 버리고

저 너머 푸른 하늘을 보며 매일 노래하는

한 마리 작은 새가 되게 하소서.

나는 행복한가?

아침에 눈을 뜨면 나는 군중 속의 섬이다.

성당 합창대合唱隊 앞에서 떨고 있는 외로운 별이다.

생각이라는 허물에 갇혀 가쁘게 숨을 쉬는 누에이다.

아파트 산책로 벤치에 앉아

시내 차도車道에 가까운 동산 위에
바빌론 성城을 닮은 센트럴 파크 아파트 단지가 있다.
그 아파트 단지 산책로 옆 풀밭에는
키 낮은 푸른 폭포瀑布가 뛰어내리고
은빛 물고기들이 폭포를 거슬러 올라간다.
바람에 실려 온 바닷가 파도 소리가 출렁이고
개구리 울음소리는 은모래처럼 반짝반짝 빛나고 있다.
심하게 흔들리는 나뭇가지가 태풍을 예보豫報하면
까치가 불안한 소문을 물고 산책로 옆 화단 위를 급히 뛰
어간다.

풀벌레 소리와 새소리가 하얗게 내려 쌓인
산책로를 끝없이 걸어가면 슬픔도 없고 분노도 없고
마음이 가난해도 행복할 수 있는
시온의 성城으로 갈 수 있을까?
시온의 성을 향해 끝없이 이어지는 산책로를 상상하며
산책로 옆 벤치에 홀로 오랫동안 앉아있던
한 중년 남자가 노을이 된다.
책처럼 펼쳐지는 아파트 단지 안의 고독이여.

천사들이 내려와 마술 피리를 불어

시온의 성으로 이어진 긴 산책로를 만든다.

환한 얼굴의 아이들이 노래 부르며 뛰어간다.

아이들의 뒤를 따라 오십 중반의 한 남자가 느릿느릿 걸어간다.

잠들고 싶을 때

세상을 살다 보면

그냥 조용히 잠들고 싶을 때가 있다.

다시 눈을 뜨고 싶지 않은 때가 있다.

그대로 누워 천상으로 실려 가고 싶을 때가 있다.

세상이 나를 버릴 때.

세상이 정의를 배반할 때.

정의가 죽고 불의가 설치고 다닐 때

생활이 나를 버릴 때

인정이 나를 버릴 때

간절한 기도에 대한 응답이 없을 때

그냥 조용히 눈감고

다시는 깨어나고 싶지 않은 때가 있다.

세상이 나를 속일 때

노여워하거나 슬퍼하기 싫어

그냥 조용히 잠들고 싶은 것이다.

나에게 따뜻한 말 건네줄 사람이 없어

내가 나에게 격려의 말을 던진다.

세상이 우리를 속일지라도

세상이 우리에게 피할 수 없는 고통을 주어도

슬퍼하거나 분노하지 말자.

언젠가는 따뜻한 미래가 우리를 포옹하리니.

세월과 어머니

가로수들이 줄지어 서있는 어두운 차도에서
차를 몰고 간다.
깊은 미궁迷宮 속으로 끝없이 빨려 들어간다.
어머니 자궁 속으로 다시 들어간다.
아늑하다.
따뜻한 포옹이 있고
어머니의 젖이 출렁인다.
달려가 안기고 싶었던 어머니
힘이 없어 누워만 계시는 한없이 줄어든
아! 세월이 너무 많이 흐른 후의 어머니

해 설

존재론적 슬픔을 넘어 자유로이 날아가는 '작은 새'
─김경수의 시 세계

유성호(문학평론가, 한양대학교 국문과 교수)

1.

　김경수金敬洙 시인의 여섯 번째 시집『편지와 물고기』(천년의시작, 2018)는, 등단 25년을 맞으면서 펴내는 새로운 존재론적 발화와 사유의 미학적 결실이다. 이번 시집은 다양한 언어와 경쾌한 감각의 의장意匠을 바탕으로 하면서도, 시인 특유의 괄목할 만한 존재론적 탐구 과정을 드러냄으로써 김경수 시학의 확연한 진경進境을 보여 주고 있다. 바야흐로 김경수 시학의 산뜻한 결정結晶이요, 지속적인 자기 개진의 양상이 아닐 수 없다. 김경수의 시적 존재론은 불가피한 상처와 비애에 감싸여 있는데, 우리는 시인이 삶의 상처와 비애에 집착할 때에도 궁극적으로 밝고 환한 세계를 지향하는 특성을 일관되게 보여 준다는 사실을 목도하게 된다. 그렇게 궁극적인 자기 긍정을 지향하는 김경수 시인의 사유와 감각은, 사라져가는 것들과 새롭게 움터 오는 것들을 절묘한 균형으로 바라볼 줄 아는 중용적 의지의 소산일 것이다. 그만큼 시인은 어두운 세상을 지나 환하고 밝은 에너지를 통해 사물들을 향해 아득하게 퍼져가려는 마음을 내밀하게 보여 줌으로써, 삶의 근원적 경험을 심미적으로 형상화해 간다. 말할 것도 없이 그것은 격정과 내성을 특유의 균형 감각으로 통합해 내는 원숙한 시적 기율을 보여 주는 세계일 것이다.

2.

원래 '시'는 시인 자신의 실존적 경험과 고투를 내용으로 하는 고백 양식이다. 거기에는 한 시대의 원리로 기능하는 이성이나 문명의 힘과 치열하게 겨루면서 시인 자신의 개성적 사유와 감각을 통해 상상적 질서를 구축하려는 열망이 담겨 있게 마련이다. 물론 이러한 정신은 실험적 전위들이 가지는 모험 정신과는 달리, 잃어버린 어떤 것들의 위의威儀를 회복해 보려는 열망과 닿아있는 것이다. 또한 그 안에는 사람들이 인위적으로 만든 경계의 표지標識들과 그것이 사라져버렸을 때의 상대적인 자유로움이 함께 담기게 되는데, 그 자유로움이 바로 우리가 이성과 문명의 흐름 속에서

상실한 어떤 존재론적 원리일 것이다. 김경수의 이번 시집은 이러한 시의 원리에 대한 섬세하고 정치한 사유와 감각, 삶의 깊은 근원과 구체성에 대한 착목의 결실로 우리에게 다가온다. 그는 우리 시대의 불모성에 대한 유력한 시적 항체를 만들어냄으로써 자신만의 섬세한 사유와 감각을 선보이고 있는 것이다. 그 사유와 감각을 가로지르는 핵심 정서는 인간 보편의 '슬픔'과 '쓸쓸함'이다.

> 연못에 지상의 꽃 그림자가 놓여 있다.
> 그림자는 물에 젖지 않는다.
> 어떤 슬픔도 그림자를 젖게 할 수 없다.
> 인생도 슬픔에 젖지 않을 수 있으면 좋겠다.
> 새들이 나뭇가지에 앉아 건반을 두드리자
> 하늘에서
> 세상의 모든 슬픔을 안고 빗방울들이
> 줄지어 뛰어내린다.
> 일순간 세상의 모든 슬픔이 사라졌다.
> 잠시 뒤 다시 몰려올 자세를 취하는 슬픔이라는 파도
> 슬픔의 크기가 아무리 커도
> 그림자는 물에 젖지 않는다.
> —「그림자는 물에 젖지 않는다」 전문

연못에 비친 지상의 꽃 그림자는 당연히 물에 젖지 않는

다. 수면 위의 그 어떤 영상도 물에 젖지 않듯이, 세상의 그 어떤 슬픔도 그림자를 젖게 할 수는 없을 것이다. 그렇게 우리의 삶도 슬픔에 젖지 않을 수 있을까? 시인은 새들이 나뭇가지에 앉아 건반을 두드리는 상상을 하고는 이내 "세 상의 모든 슬픔을 안고 빗방울"이 쏟아지는 것을 바라본다. 그때 하늘이 감당한 슬픔 탓인지 지상의 모든 슬픔이 사라 져간다. 이때 시인은 "슬픔이라는 파도"가 다시 밀려올지라 도 그 그림자는 물에 젖지 않을 것이라고 믿는다. 마치 "사 람들은 살아있을 때는 주인이 되지만/ 그림자만 남기고 서 러운 먼지가 되어 사라진다"(『칸나가 등불을 켜면』)라고 시인이 말한 것처럼, 물에 젖지 않는 그림자는 모든 것이 사라지고 난 뒤 남은 슬픔과 등가를 이루게 되는 것이다. 김경수 시 인은 "슬픔이 지배하고 있는 이 세상"(『2013년 희망 제작소』) 혹 은 "살아있는 자에게 슬픔은 운명적"(『변해 간다』)이라는 표현 을 통해 슬픔의 편재성遍在性과 필연성을 노래하면서 "바위만 한 슬픔을 만날 때/ 침묵밖에는 할 수 있는 것이 없는"(『언어를 굽는 카페에서』) 삶의 한계에 대해 노래한다. 하지만 그 슬픔 의 편재성과 필연성에도 불구하고 그림자는 물에 젖지 않았 으니, 그는 마냥 슬픔에 빠져있는 비관론자는 결코 아닌 셈 이다. 다음은 어떠한가.

인생은 쓸쓸하다.
태어날 때도 쓸쓸하지만

저 생生으로 돌아갈 때도 쓸쓸하다.
쓸쓸함을 위로하기 위해
바람이 불고 키 큰 나무들이 노래하고
저녁마다 붉은 노을이 진다.

성당聖堂에 혼자 갈 때도 쓸쓸하고
집으로 홀로 돌아올 때도 쓸쓸하다.
사라지고 난 뒤에 갈 곳이 있다는 것이
따뜻한 포옹이 있다는 것이
짧은 인생, 삶의 쓸쓸함을 위로해 준다.

쓸쓸함을 이기기 위해 사람들은 서로 모여
밤늦게 술을 마시며 이야기하고
쓸쓸함을 잊기 위해 사람들은 일을 한다.

동래성당 성모마리아상像 앞에서
사월의 벚나무가 분홍색 눈물을 떨어뜨린다.
─「쓸쓸함을 위로하다」 전문

  이번에는 '쓸쓸함'이다. 시인은 인생의 경로 곧 생사의
모든 과정이 '쓸쓸함'으로 가득하다고 말한다. 왜 아니겠는
가? 하지만 시인은 바람과 나무와 노을이 공존하고 화창和
唱함으로써 그 '쓸쓸함'을 위로하는 순간을 바라본다. 혼자

서 성당에 갈 때나 집으로 돌아올 때도 쓸쓸하기는 매한가
지지만, 시인은 우리가 "사라지고 난 뒤에 갈 곳이 있다는
것" 그리고 "따뜻한 포옹이 있다는 것"에서 한없는 위안을
느낀다. 비록 쓸쓸함을 이기기 위해 사람들이 술을 마시며
이야기하고 일을 하지만, 마치 "동래성당 성모마리아상 앞
에서/ 사월의 벚나무가 분홍색 눈물"을 떨어뜨리는 것처럼,
모든 이들은 바로 그 '쓸쓸함'의 아름다움을 운명처럼 안고
살아갈 것이다. 물론 여기서 말하는 '쓸쓸함'이 비참함이나
비극성과 같지는 않다. 오히려 그것은 혼자 왔다가 혼자 사
라져갈 수밖에 없는 인간 실존의 보편적 형식에 대한 정서
적 추인의 결과로 각인되는 존재론적 고독일지도 모른다.
그래서 김경수는 "오래된 책에는 쓸쓸한 인생에 대해 번민
하는/ 글자의 흔적"(『무엇이 아름다운가요?』)이 있다고 노래하는
'쓸쓸함'의 시인으로 자신을 밀어간다. 나아가 "사라질 존
재들이 모여 사라지는"(『꽃나무를 보내다』) 풍경과 함께, "바람
이 나뭇가지를 매일 아침 흔들고는 저녁이면 사라지는 것
처럼"(『칸나가 등불을 켜면』) 우리도 '쓸쓸함'을 안고 살아갈 것
을 노래해 간다.

　　김경수에게 시는 삶의 여러 상처에 대한 기억들을 순간
적 잔상으로 점화함으로써, 그 안에 상처와 예술이 맺는 유
추적 연관성을 보여 주는 첨예한 양식이다. 그래서 그는 자
신의 근원과 함께 현재에 이르기까지 겪어온 상처들을 심미
적으로 노래함으로써 그것을 상상적으로 치유하는 제의祭
儀 과정을 치러간다. 그 점에서 김경수는 삶에 깊이 각인된

상처들을 통해 자신의 근원과 현재형을 노래하면서, 어쩌면 이번 시집에서 훨씬 더 근원적인 차원의 인생론적 화폭을 펼쳐간다. 이처럼 '슬픔'과 '쓸쓸함'의 존재론을 노래하는 시인의 모습은 진솔하고 또 그만큼 생의 형식을 직접적으로 토로하는 쪽으로 나아간다. 우리는 그 '슬픔'과 '쓸쓸함'에 짙은 공감을 보내면서, 시인이 그것들을 우울이나 비탄으로 치환하지 않고 궁극적 긍정의 태도로 끌어가고 있음에 상도想到하게 된다.

3.

또한 김경수의 이번 시집은 개개 시편이 기원(origin) 탐색이라는 상호 연관성으로 유추적 화폭을 구성하고 있다고 할 수 있다. 말하자면 그의 시집은 수미일관한 원리에 의해 짜여 있는 것은 아니지만, 활성화된 역동적 상상력이 플래시처럼 터져 나오는 순간에 의해 발화된 시편들을 통해 구심을 형성하고 있다고 보아야 한다. 그만큼 우리는 김경수의 이번 시집이 단일한 화자가 취하는 고백적 진술에만 의존하는 것이 아니라, 사실적 경험을 바탕에 깔고 있으면서도 동시에 시간성이라는 봉우리로 단호한 비약을 준비하는 의지에서 발원한다고 말할 수 있다. 존재론적 기원을 찾아가는 다음 시편들을 읽어보도록 보자.

가로수들이 줄지어 서있는 어두운 차도에서

차를 몰고 간다.

깊은 미궁迷宮 속으로 끝없이 빨려 들어간다.

어머니 자궁 속으로 다시 들어간다.

아늑하다.

따뜻한 포옹이 있고

어머니의 젖이 출렁인다.

달려가 안기고 싶었던 어머니

힘이 없어 누워만 계시는 한없이 줄어든

아! 세월이 너무 많이 흐른 후의 어머니

—「세월과 어머니」 전문

   시인은 어둑한 차도를 달리면서 "깊은 미궁 속으로 끝없이 빨려 들어"가는 것을 느낀다. 그 '미궁迷宮'은 어느새 어머니의 '자궁子宮'을 연상하게 하면서, 시인으로 하여금 아늑하고 따뜻한 '어머니'를 향해 가는 몸으로 바뀌게끔 해준다. 그렇게 "근원을 찾아가는 발걸음 소리"(「난초에게 말을 걸다」)를 통해 달려가 안기고 싶었던 '어머니'는 비록 "세월이 너무 많이 흐른 후의 어머니"가 되어 계시지만, 시인은 "어머니의 젖"이 출렁이는 기억을 통해 세월을 따라 스러져가시는 어머니와 영원한 기원이 되시는 어머니를 대칭적으로 배열할 수 있었을 것이다. 어머니를 향한 애틋한 사랑과 안타까움이 공존하는 시편이 아닐 수 없다. 이처럼 김경수 시인은 세월을 따라 흩어져 가는 존재자들을 통해 "살아있는 것이 아름답다는 것"(「세상의 아름다운 것들」)을 보여 주는 동시에 궁극적으로 "돌아오지 못하는 먼 길 가는 사람들의 젖은 뒷모습"(「아름다운 모습들」)도 애정 어린 시선으로 바라보고 있다.

행인들은 결코 남의 아픔에 대한 배려를 하지 않는다.
세상을 위해 헌신으로 보낸 세월이 아픈 이유이다.
빌딩의 돌계단은 위로의 소리를 듣는 귀가 없으므로
그럴 필요가 없었다.
소설이었으면 좋았다.
사람들은 자신의 아픔과 즐거움만을 현미경으로 들여
다본다.
슬픔이 없으면 결코 살아갈 수 없다.
깃발처럼 펄럭이는 슬픔이 강한 자를 만들기 때문이다.
소설이었으면 좋았다.
결말을 완성하기 위해 잠을 자야 했다.
정의롭지 못해도 잘 사는 사람은 잘 살았다.
선거운동 기간에는 악어의 눈물도 선량한 꽃으로 둔갑
하였다.
소설이었으면 좋았다.
잠 속에서 다시 잠을 자는 것이 행복하였다.
약속의 날들이 수초水草처럼 떠있는 수첩 속에서
세월이 가면 사랑이란 단어가 지워진다.
애초에 사랑이란 실체는 없었기에 사랑을 믿지 말았어
야 했다.

소설이었으면 좋았다.

살아가기 위해 시詩를 써야 했다.

시 속에서 길어 나온 다정다감한 언어가

자고 있는 애인에게 입을 맞추니

놀라 깨어난 애인이 내 따귀를 때렸다.

시는 꽃이 될 수 없었다.

소설이었으면 좋았다.

행인들은 남의 슬픔에 대한 공감이 없었다.

레몬 트리가 보도步道에 버려진 나를 바라보고 있었다.

슬픔을 이해하기 위해서 비는 아침부터 내리고 있었고

슬픔을 이해하지 않는 하늘이 밤새 눈발을 마구 뿌려

순수한 영혼이 환생한 나뭇가지가 툭 부러졌다.

병마病魔가 드는 시점과 사람들이 돌아가는 시점을

범인凡人들은 예측할 수가 없다.

버림받은 한 남자가 한 선을 넘자 일순간 사물事物로 변
했다.

그래서 소설 속에서는 죽은 자가 신생아의 몸을 빌려 다
시 태어난다.

—「소설이었으면 좋았다」 전문

이 짧지 않은 시편은 김경수 시학의 방향을 잘 보여 준다.
이 작품은 "소설이었으면 좋았다"라는 구절을 후렴처럼 반
복하면서 허구(fiction)로서의 '소설'의 속성을 활용하여 세상
의 많은 일들이 일어나지 않았으면 하는 바람을 가정假定하

고 있다. 가령 시인은 사람들이 아픔에 배려할 줄 모르고 세상에도 헌신과 위로가 모자란 것을 떠올리면서, 이러한 상황이 소설이었으면 좋겠다고 말한다. 사람들이 자신의 아픔과 즐거움만 중시하는데, 사실 슬픔이 없으면 우리는 결코 살아갈 수 없지 않은가. 정의롭지 못한 이들이 잘 살아가고, 세월이 가면 사랑이란 단어조차 지워지는 일도 모두 소설이었으면 좋을 일이다. 살아가기 위해 시를 썼지만 시는 꽃이 될 수 없었다는 것, 사람들이 남의 슬픔에 대한 공감이 없었다는 것 등은 '시인 김경수'가 가장 안타까워하고 또 세상을 향해 던지는 도전적 언어이기도 하다. 이는 비록 소설에서는 죽은 자가 신생아의 몸을 빌려 다시 태어날 수 있다고 해도, 실제 상황에서는 타인의 아픔과 슬픔과 사랑에 동참하고 살아야 한다는 시인 자신의 실존적 요구를 말하고 있다. 그러니 이 시편은 역설적으로 시인의 삶의 태도를 잘 암유暗喩해 주는 것이다. 그것은 요컨대 "따뜻한 마음과 잃어버렸던 사랑을 조금씩"(「잃어버린 것을 찾다」) 찾아가는 삶에서 "사랑만큼 어두움을 밝히는 따뜻한 빛은 없다"(「안개와 놀다」)라는 것을 강조하고, 마침내 "언젠가는 따뜻한 미래가 우리를 포옹"(「잠들고 싶을 때」)하여 "세상에서 인간에게 가장 필요한 따뜻한 진리는 사랑"(「안개가 걸어온다」)임을 알게 해줄 것이라는 믿음으로 나아가는 것이다.

　이처럼 김경수 시학의 저류底流에는 우리가 잃어버리고 살아가는 기원에 대한 그리움, 아픔과 슬픔과 사랑에 대한 깊은 갈망의 정서가 한데 어우러져 있다. 그리고 그러한 속성들이 그만의 오롯한 성과를 만들어내고 있다. 근본적으로 시가 지나간 시간에 대한 경험의 형식으로 씌어지고 읽힌다는 점에서, 우리는 김경수의 이번 시집이 견지하는 시간의 불가피한 소멸과 그것의 흔적에 대한 그리움의 과정을 애잔함으로 읽게 된다. 결국 김경수의 시편은 사라져가는 시간에 대한 섬세한 경험의 형식을 취하면서, 그것을 깊은 그리움의 형식으로 태어나게끔 하는 것이다. 그렇게 원형적이고 훼손되지 않은 세계에 대한 그리움이야말로 그로 하여금 지금의 가파른 삶을 살아가게끔 하는 근원적 힘이 되고 있는 것이다.

4.

다음으로 이번 시집에서 눈에 들어오는 권역은 '시'에 대한 메타적 탐색의 지향이다. 시인은 '시'가 자아 탐구와 심미적 욕망의 불가피한 형식임을 적극 사유해 간다. 아닌 게 아니라 '시인'이란 지워진 언어를 발견하고 그 언어에 새로운 미적 경험을 부여하는 존재가 아닌가. 시인에게 '시'란 이러한 존재론적 발견을 가능케 하는 방법이면서, 동시에 스스로를 완성하는 호환할 수 없는 배타적 기율이기도 하다. 그는 "사라지는 것이 두려워 시를 쓰지만 언제나 나의 시집詩集 속에는 불안한 눈빛들만 쌓여 간다."(『생生의 아름다움을 보다』)라고 말함으로써 자신의 시작詩作이 불가피한 실존

행위임을 고백한 바 있는데, 다음 시편은 그야말로 무의식
적으로 씌어진 김경수 버전의 '시로 쓴 시론詩論'일 것이다.

　　내 시집詩集에는 북극北極의 바람 냄새가 난다.

　　보지 않아도 만져보지 않아도 내 시집은 나무의 음성
을 읽는다.

　　나무는 그 자리에 늘 서있기만 하지만

　　나무 안에는 꽃의 안부를 적은 편지를 실은 강江이 흐
른다.

　　문장은 사상思想이 종이 항구에 정박한 선박이다.

　　푸른 모자를 쓴 한 남자가 나무가 되기 위해 숲으로 들
어간다.

　　나무가 되기 위한 조건은 까다롭다.

　　생각이 없어야 하고 감정이 없어야 하고

　　바람에 흔들려도 분노하면 안 된다.

　　사람들의 하루와 나무의 하루 중 어느 것이 더 의미 있
는지

　　이 도시에 다시 나타난 철학자 니체가 고민한다.

　　나의 몸을 빠져 날아간 시詩의 새가 다시 오지 않는다.

　　문장이 어두워진다.

　　시인에게는 시의 새를 날려 보낸 것은 거대한 절망이다.

　　폐허에 시인들이 버린 퇴고推敲된 시들이 쌓여 있고

　　그 중간에서 피어난 꽃들을 본다.

　　　　　　　　　　　　　　　　—「서러운 시집詩集 1」 전문

"내 시집에는 북극의 바람 냄새가 난다"라는 인상적인 구절로 시작하는 이 시편은, 제목을 '서러운 시집'으로 택함으로써 김경수 개인이 겪는 시 쓰기의 비애를 담고 있는 듯이 보인다. 그 '시집'에는 바람 냄새뿐만 아니라 "나무의 음성"도 담겨 있다. 나무 안에는 "꽃의 안부를 적은 편지를 실은 강"이 흐르고, 거기 담긴 "문장은 사상이 종이 항구에 정박한 선박"이 된다. 이 창의적 비유의 연쇄는, 나무가 되기 위해 숲으로 들어간 시인으로 하여금 새로운 '시'를 상상하게끔 한다. 그것은 "나의 몸을 빠져 날아간 시의 새가 다시 오지" 않을 때 문장은 어두워진다는 것, 그리고 시인에게는 날아가 버린 "시의 새"가 절망으로 다가온다는 것을 함의한다. 하지만 시인의 '서러운 시집'은 그렇게 폐허에 쌓인 "퇴고된 시들"을 통해 꽃들로 피어난다. 그러니 결국 그 '서러움'도, 앞에서 우리가 읽은 '슬픔'이나 '쓸쓸함'처럼, 시인의 시 쓰기를 가능하게 한 역설적 원질原質이었던 셈이다. 그렇게 시인은 "시집에서 우리가 보는 것은 언어이지만/ 우리가 실제로 보는 것은 마음이고 사상"(「서러운 시집詩集 2」)이라면서, 자신의 사유와 감각을 아름다운 문장에 풀어 넣는다. 그 문장 하나하나는 "아름다움의 측도測度"(「벚꽃 잎이 떨어지다」)가 되어 "사라지고 싶어 하는 나를 붙드는 힘"(「글자가 되어」)이 되어주고, 나아가 "천상의 음악과 이야기를 오랫동안 추억"(「나무와 햇빛 사과」)하게끔 해주는 원동력으로 자리할 것이다.

서랍을 열자 무거운 소리가 튀어나온다.

우리는 늘 스스로의 소리를 서랍에 가두어둔다.

빛나는 소리, 차가운 소리, 바늘 같은 소리

서랍을 여는 것처럼

정류장에서 버스를 기다리는 사람들의 목이 길어진다.

'짧은 인생에서 미워하는 것은 부질없다'라는 글자가

하나씩 종이에서 빠져나와 걸어온다.

글자에도 그늘이 있다.

봄비에 젖는 그늘에서 슬픈 노랫소리가 일어선다.

시간이 많이 흐르면 누구나 얼굴이 늙는다.

절세 미녀 배우도 세월 앞에서는 모두 노인이 된다.

풍경風景을 노래하던 사람들이 쓸쓸한 책이 된다.

사람들 저마다의 꿈이 책 속에서 허물을 벗고 나온다.

남은 생이 얼마 남지 않은 노년에서 지나온 삶은 찰나刹

那이다.

늙지 않고 죽지 않는 것은 글자뿐이다.

책 안에 꽃이 흐른다.

푸른 눈의 서양인이 책 속의 호수에 빠진다.

　　　　　　　　　　　—「글자가 걸어 나온다 1」 전문

이번에는 역동적으로 움직이는 '글자'에 관한 이야기이

다. 서랍에 갇혀 있다가 서랍이 열리자 튀어나오는 "스스로의 소리"는 그 자체로 "빛나는 소리, 차가운 소리, 바늘 같은 소리" 들이다. 마치 백석白石의 「흰 바람벽이 있어」에서 바람벽이라는 스크린에 글자가 하나하나 지나가듯이, 시인은 "짧은 인생에서 미워하는 것은 부질없다"라는 글자가 종이에서 빠져나와 걸어오는 것을 바라본다. 그렇게 글자에도 그늘이 있고 슬픔이 있다. "풍경을 노래하던 사람들이 쓸쓸한 책이" 되어가고, 이제 "늙지 않고 죽지 않는 것은 글자뿐"인 셈이므로, 시인은 책 안에 꽃이 흐르고 무수한 글자가 걸어 나오는 풍경을 상상할 수 있었을 것이다. 그때 시인은 그 문장들을 통해 "슬픈 마음을 지우고 악한 마음을 지우고/ 모든 분열을 지우고 하나로 편안한 마음만 가지라고 하는/ 하늘의 말씀"(「부산에 내리는 첫눈」)을 듣고 읽고 쓴다.

김경수 시학의 동인動因은 이처럼 '시' 혹은 '문장'에 관한 깊은 자의식自意識에 있다. 그는 '시'가 자아 탐구라는 욕망의 형식임을 적극적으로 사유한다. 우리가 잘 알듯이, '시'란 '말'에 대한 탐색에 중심을 할애하는 예술이다. 또한 '시'는 영락없는 '문장'을 향한 예술이다. 또한 '시인'이란, 말의 자의식으로 충만한 사람이고, 문장을 찾고 사물 속에서 문장을 발견하고 경험하려는 존재로 탈바꿈된다. 김경수 시인에게 '시'는 이러한 존재론적 발견을 가능하게끔 해주는 원리이면서, 동시에 스스로를 완성하는 둘도 없는 원천적 기율이기도 할 것이다.

5.

　우리의 가혹했던 근대사는 우리로 하여금 몸 안팎의 불모와 폐허를 철저하게 경험하게끔 하였다. 성장 제일주의와 물신숭배로 상징되는 이러한 일방향적 흐름 때문에 우리는 빠르고 새로운 것을 찾아다니면서 우리 몸속의 중요한 기억과 잔상들을 하나하나 잃어버렸다. 오랫동안 축적된 시간의 깊이를 채 헤아리지 못하고 가파른 속도만을 중시한 폭주가 이루어졌던 것이다. 그 불모와 폐허는 시간의 혹사 때문에 생겨난 것이고, 속도를 중시하는 기율 때문에 빚어진 것이다. 이러한 비우호적인 흐름 속에서 진정한 자아 찾기를 실현해 가는 것이 어쩌면 시의 길인지도 모른다. 김경수 시인은 이번 시집에서 바로 그 궁극적인 자아를 찾아 떠난다.

　　　내 인생의 빛나던 날들은 너무 빨리 흘러갔네.
　　　한때 그 빛났던 이상과 희망이
　　　영원히 사라졌다 해도 이제 어찌할 것인가.
　　　푸른 하늘 위 구름이 흘러가듯
　　　무신경하게 앞만 보고 달려가다 돌아보니
　　　내 인생의 빛나던 날들은 너무 빨리 흘러갔네.
　　　그 누구도 지나간 시간의 영광과 꿈을
　　　다시 불러올 수는 없다고 할지라도 이제 어찌할 것인가.

내 사랑하던 많은 사람들이 먼저 떠나갔고

산사山寺의 바람이 풍경風磬을 울리고 가듯

내 인생의 빛나던 날들은 너무 멀리 달아났네.

슬퍼할 필요는 없으리.

누구에게나 시간은 공평하게 주어졌고

죽음 너머 그 먼 곳을 응시하는 마음은 누구에게나 있
는 법.

인간들은 고통 속에서 더 질긴 희망을 건지고

세월을 넘어서면 평정심과 지혜가 솟아나니

내 인생의 빛나던 날들이 너무 멀리 달아난들 어떠하리.

땀 흘리며 살아온 초원을 빛나게 하던 인생의 빛이여.

정오의 태양처럼 찬란히 빛나지만

석양夕陽처럼 쓸쓸한 빛을 내기도 하는 인생의 빛이여.

꿈 많았던 청춘의 시간들과 푸른 나뭇잎 같은 현재라
는 시각이

인생의 숨은 보석이었네.

—「인생의 빛」전문

"내 인생의 빛나던 날들"과 "내 사랑하던 많은 사람들"은 너무도 빨리 사라져버렸고, 그 누구도 이제는 지나간 시간의 영광과 꿈을 불러올 수 없다. 그러나 이러한 소멸은 누구에게나 공평한 것이고, 따라서 그로 인해 슬퍼할 필요는 없다. 다만 인간에게는 "죽음 너머 그 먼 곳을 응시하는 마음"이 있으니 우리는 모두 "고통 속에서 더 질긴 희망을 건지고" 살아가지 않는가. "세월을 넘어서면 평정심과 지혜가 솟아나" 우리는 "땀 흘리며 살아온 초원을 빛나게 하던 인생의 빛"을 찾을 수 있을 것이다. 그렇게 '인생의 빛'은 "정오의 태양처럼" 찬란히 빛나기도 하고 "석양처럼" 쓸쓸한 빛을 내기도 한다. 그러니 지나간 시간과 지금의 시간 모두가 "인생의 숨은 보석"이 아닐 수 없을 것이다. 비록 "세상에는 빠른 것들이 추앙"(「달려간다」)을 받고 "시계를 거꾸로 돌린들 과거는 돌아올 수"(「기억記憶의 바다」) 없다지만 "절망을 다 버리고 나서야 비로소 태어나는 희망"(「초승달」)을 찾아 시인은 인간에게 의미 있는 것들을 찾아 나서고 그 순간에 존재하는 자아의 참모습을 깨달아간다.

날개를 펼쳐 하늘로 유유히 날아오르는 새야
키 높은 나무의 가는 가지에 앉아
자유를 즐기고 지상의 세상사世上事를 관조하는 새야
땅에 발을 딛고 하늘로 뛰어보지만
언제나 땅 위에만 서있는 나는
정처 없이 흘러가는 저 구름이 되면 좋겠다.
몇 알의 곡식과 작은 새집만 있으면 되는 새야
조금 더 가져야 되고 조금 더 알아야 살아갈 수 있는 나는
수천 년을 그대로 웅크리고 누워

아낌없이 주기만 하는 산이 되면 좋겠다.

허망한 명예를 위해 인생의 대부분을 허비한 나는

큰 날개를 펼치고 날아오르다가 욕망을 버리고 조용히 선회하는

작은 새가 되면 좋겠다.

강물처럼, 안개처럼 그냥 그렇게 흐르다가

아무도 모르게 무심히 흩어지면 좋겠다.

새야, 나는 누구에게도 슬픔을 주고 가기 싫다.

새야, 내가 사라진 자리에도 노래만 피어나면 좋겠다.

새야, 일순간에 사라질 인생에 화살로 박히는 새야

―「새야」 전문

여기서 시인이 노래하는 "날개를 펼쳐 하늘로 유유히 날아오르는 새"는 세상을 관조하는 자유로운 존재자로 그려지고 있다. 반면, 땅에 발을 딛고 살아가는 '나'는 하늘로 뛰어보아도 별수 없이 땅 위에 있을 수밖에 없는 부자유한 존재자이다. 이 '천상天上/지상地上'의 확연한 대조는 그 자체로 자유와 부자유, 비상과 좌절 등을 함의하기도 하지만, 잘 읽어보면, '작은 새'가 바로 '시인 김경수'가 희원해 마지않는 참된 '자아'의 형상임을 우리는 알 수 있다. 그만큼 "몇 알의 곡식과 작은 새집만 있으면 되는 새"는 "허망한 명예를 위해 인생의 대부분을 허비한" 삶을 넘어 "큰 날개를 펼치고 날아오르다가 욕망을 버리고 조용히 선회하는" 융융함을 보여 주고 있다. 그러니 그 '작은 새'는 "강물처럼, 안

개처럼 그냥 그렇게 흐르다가/ 아무도 모르게 무심히 흩어지면" 좋을 자유로움으로 형상화되고, 마침내 "내가 사라진 자리에도 노래만 피어나면 좋겠다"라는 시인의 소망이 "일순간에 사라질 인생에 화살로 박히는 새"를 통해 더욱 간절하게 들려오게 되는 것이다. 이렇게 시인은 "환한 빛깔로 둥글게 모여"(「벚꽃 잎이 떨어지다」) 날갯짓하는 '작은 새와' 닮아가면서, "꽃이 피었다가 지는 사이에 언어"(「끝없는 전쟁」)를 발견하고 채집해 간다. 존재론적 슬픔을 넘어 자유로이 날아가는 '작은 새'의 형상이 '시인 김경수'의 모습을 이토록 선연하게 드러내고 있는 것이다.

시는 복합적인 현실을 순간적으로 드러내면서도 그것을 안아 들일 수 있는 상상적 세계를 마련하여 꿈과 현실의 구체적인 접점을 풍요롭게 언표한다. 자연스럽게 그것은 우리를 둘러싼 현실과 그것을 치유하려는 꿈 사이에서 발원하는 신생의 기록이 된다. 그리고 삶의 불모성과 싸우면서 그것을 회복하려는 시인의 열망에 의해 완성되어 가는 세계이다. 우리가 천천히 읽어온 김경수의 이번 시집은, 근원을 사유하는 깊은 언어적 자의식의 세계로 그 의미가 모일 수 있다. 그 안에는 존재론적 슬픔을 넘어 자유로이 날아가는 '작은 새'의 슬픔과 쓸쓸함 그리고 그것을 넘어서는 그리움과 열망이 은은하게 배어있다. 이제 우리는 이번 시집의 이러한 개성적인 성취를 뛰어넘어, 김경수 시인이 대상을 향한 더욱 강렬하고도 선명한 언어의 세계로 나아가게 되길 바란다. 그럼으로써 그의 시편들이 더욱 견고하고 아름다운 서정의 원리들을 지속적으로 보여 주게 되기를, 마음 깊이 소망해 본다.